なんか、淫魔が恋しちゃったんですけど

Nana Matsuyuki
松雪奈々

CHARADE BUNKO

Illustration

高城たくみ

CONTENTS

一

梅雨《つゆ》明け間近の七月なかば。美和孝博《みわたかひろ》は部下の面々といっしょに研究所の食堂にいた。

オヤジ顔の妖精《ようせい》に取り憑《つ》かれて三日以内に男と性交しないと死ぬと脅され、男にもてたり自身の性欲もおかしくなるというわけのわからん騒動が終息して三ヶ月。美和も部下たちも以前の調子をとり戻して仕事に勤しむ日々を過ごしていた。

いまは昼休憩である。ちくわ入りレモンソーススパゲティトルコ風という、調理のおばちゃん考案によるどこら辺がトルコ風なのかとつっこみたい独創的なランチを食べつつ、端整な顔をしかめて窓の外へ目をむけた。外は小雨のぱらつくあいにくの空模様だが、それを憂いてしかめ面をしているわけではない。すこし前まで頭痛の種だったオヤジ妖精のことを考えているわけでもなければ恋人のことでも性欲のことでもない。実験大好き人間の美和である。考えているのは午前中に中断した実験のことばかりだ。

研究室へ戻ったらあれをあーしてこーして、とスパゲティを頬張《ほおば》りながら思索にふけっていると、第二研究室室長の篠澤《しのざわ》が見慣れぬ青年を伴って食堂へやってきたのが視界の端に映った。

篠澤は己の興味のためなら同僚に薬を盛ることもためらわないと噂《うわさ》される男である。それは彼の変態ぶりを言い表す誇張で、いくらなんでも実際はそこまで逸脱行為をしないだろうと思われていたのだが、美和がオヤジ妖精に取り憑かれていたときはやたらとオヤジに興味を示して美和にまとわりつき、あと一歩のところで噂を本当にするところだった。

いまはオヤジ妖精も消えたので、美和の姿を目にしてもなんら変わらない。オヤジのことはすっかり諦《あきら》めたようだった。

篠澤に連れられた青年は真新しい作業着を着ている。その彼に篠澤が食堂のルールを説明しながら食膳《しょくぜん》を受けとり、美和たちからすこし離れた席へすわった。

「篠澤さんといるの、見ない顔すね」

緑茶の入ったカップに両手を添える部下の山崎《やまざき》も、そちらへ視線をむける。

「今年の新入社員じゃないか？　今日からひとり、第二へ研修にくるって話だったろ」

AR石油では四月入社の新人の研修期間が五ヶ月あり、本社や研究所、製油所などをひとおりまわってから九月に各部署へ配属となる。第一研究室への新人配属の予定はなく、他部署のことは正式に配属先が決まってから発表となるため、美和も詳細は知らされていない。

「個別研修かあ。てことは彼が第二に配属っすかね」

「そんな感じだな」

「ふつうの明るい子って感じですよね。篠澤さんの下でやっていけますかねえ」

「その辺を見極めるための研修なんだろ」

生贄《いけにえ》となった子羊を哀れむように一同で眺めていたら、青年が美和たちの視線に気づき、篠澤にむかって話しかけた。なにやら話したあとに篠澤が美和を見ながら頷《うなず》くと、青年が席を立ち、こちらへやってきた。

「あの、第一研究室の美和室長ですか」

第一の室長は誰《だれ》か、篠澤に確認したのだろう。美和に視線をあわせて青年が直立する。

「そうだが」

美和がフォークを置いて見あげると、彼はいかにも新人らしく瞳《ひとみ》を輝かせた。

「今日から第二研究室でお世話になります、花形《はながた》といいます。どうぞよろしくお願いしますっ」

定規で測ったようにきっかり四十五度のお辞儀をする姿が初々しい。こちらこそよろしくと答えていると、美和の横にすわる山崎がいたずらっ子のような笑みを浮かべて口を出した。

「花形くんかあ。やっぱり小学生の頃からスポーツカーを乗りまわしてたタイプ?」

むかいにいる大豆生田《おおまみゅうだ》が真顔でそれに重ねる。

「ここの総務にはきみの永遠のライバルがいるから、ぜひがんばってほしい」

「え? え? ライバル?」

意味がわからずうろたえる新人に、美和は気にするなと手をふってやった。

「星《ほし》って名字のやつがいるってだけの話だ。聞き流してくれ」

「ああ、巨人《きょじん》の……」

あいさつを交わし、それで新人は篠澤のもとへ戻るかと思いきや、まだ話すことがあるようで動こうとしない。

「あの、じつはぼく、美和室長の後輩でして」

美和の出身大学の卒業生だという。

「ぼくがお世話になった宮田《みやた》准教授が、美和室長とご学友だったと伺っているんですが」

「おお、宮田か。あいつの研究室だったのか？」

「はい。宮田先生からよろしくと」

「最近会ってないなあ。学生の頃はいっしょにいろいろやったもんだが」

「そのようですね——っと、あ、いえ」

「なんだ。なにか聞いてんのか」

美和の視線を受けて、新人が口ごもる。

「ええと……言ってもいいんでしょうか」

「なんだよ」

その場にいるのは美和を除いて四人。山崎と大豆生田の三十路《みそじ》コンビのほかには渡瀬《わたせ》と天方《あまかた》がいる。新人は同席者の目と耳を気にして、喋《しゃべ》っていいのだろうかと迷うように目を泳がせながらも素直に口を割った。

「その……有名な話ですと……宮田先生って、実験室に来る学生に、実験用の動物は絶対に檻《おり》から出すなってかならず言うんですよね。その理由が、過去にやらかした友人がいると……」

「あ～……なるほど」

思い当たる節があって美和は苦笑した。

「有名って、あいつ、あれを言いふらしてんのかよ」

「皆知ってるかもです」

「ったく、恥ずかしいな」

「でも気持ちはわかります」

新人は愛想笑いで答え、そのあと二、三、言葉を交わして篠澤のもとへ戻っていった。

その背を見送ってから、大豆生田がぼそりと言う。

「実験用動物……そういえば御頭、学生時代はバイオやってたんでしたっけ」

「そうなんですか」

と意外そうな目をむけてきたのは渡瀬だ。それに対して美和ではなく山崎が笑って答える。

「そうなんだよ。御頭ってば生まれたときから、いや受精卵のときから化学一筋の人って感じなのにね」

渡瀬のとなりの天方も、給茶機の茶を注《つ》いだカップから口を離して、へえ、と目を丸くする。

「ぼくも知らなかったです。バイオから化学系へ転向って、あまり聞かないですよね」

大豆生田が身を乗りだして訊《き》いてくる。

「それで、有名な話というのは、なにをやらかしたんです」

「んー、あー」

大豆生田の追及から逃れるように目をそらすと、今度は山崎の期待に満ちた眼差《まなざ》しに行き当たった。

「……べつに楽しい話じゃねえぞ」

興味津々といった四人の視線を浴びて、美和はぽりぽりと頬をかいた。たぶん部下たちが予想しているのは笑える失敗談なのだろう。だが、おもしろい話ではない。といって隠すようなことでもなかった。

「あのな……、アルカリフォスファターゼの実験でさ、抗体とるために研究室でウサギ飼ってたんだよ」

当時のことを思い返し、ちょっとためらってから話しはじめた。

「予定外の抗原と接触して体内によけいな抗体を作らせないために、生まれたときから研究室の檻で純粋培養に育ててさ」

実験目的のとある抗原をウサギに与え、その後の抗体の反応を調べるのである。わかるよな、と美和は一同へ目を配る。

「抗体を採取したら、ウサギは用済みで、そのまま殺処分になるわけだ。んで、若くてアホだった俺はだな、そのウサギがいちども外の世界を見ずに死んでいくのを不憫《ふびん》に思ってさ、実験前日にこっそり外に出しちまったんだ」

「出しちゃだめなんすか」

山崎の問いに、美和は頷く。

「もし風邪《かぜ》でも引いたらまずいだろ。風邪の細菌に対する抗体ができちまう」

「ああ、そうか……」

「でもさ、せっかく生まれてきたっていうのにさ……そいつだってたったいちどしかない一生なのに、俺の実験の道具となって、外の世界があることも知らずに明日には殺されるんだぜ。そう思ったら、死ぬ前にちょっとぐらいいいかな～なんて思って、大学の裏庭に連れていったんだ」

美和はスパゲティの皿に視線を落とし、当時の情景を思い浮かべた。

動物実験ははじめてだった。檻の中のウサギは明日にも死ぬ運命とも知らず、美和が近づくと「なに？　遊んでくれるの？」とでも言いたげにおとなしく見あげていた。あの無垢《むく》な瞳に情が移った。

裏庭へ連れていったのち、芝生の上におろしたのだと美和は話を続けた。

「そしたらそいつ、はじめて外見るもんだからさ、すげー興奮しちまって、どわーっていきなり駆けだしたんだよ。でもな、生まれたときから狭い檻にいて、走ったことなんかないんだぜ？　走るための筋力なんかありゃしねえ。即行でこけて、足をくじきやがった」

山崎が目を見開く。

「それって……怪我《けが》したら抗体できちゃいますよね」

「そう。だからそいつはもう実験に使えなくなって、教授に、時間と研究費を無駄にするなってこっぴどく叱《しか》られた」

美和は苦笑してみせた。すこしまを置いて天方が先を尋ねる。

「それで、そのウサギはどうなったんです」

「飼おうと思ったんだけど、行き違いで殺処分になった」

天方が神妙な顔をして押し黙った。

「その後もほかのウサギを実験で殺してさ……庭に埋めて、寺の息子《むすこ》だった友だちに拝んでもらったりしたな」

一同は静まってしまい、相づちを打ってくれる相手もいない。妙な雰囲気になってしまったと感じながら、美和は篠澤や新人がいるほうへ視線を流した。

「こんな話をすると、バイオのやつからはなにを甘いことを抜かしてんだって笑われるんだろうな。宮田――さっき新人の話に出たやつにも呆《あき》れられた」

それから部下たちのほうへ目を戻す。

「研究も殺すのも誰かがやらなきゃいけないことだし、段々と慣れてくるものなのかもしんねえけど、これを続けるのは俺には無理だと思って」

だから生き物と関《かか》わらない分野へ転向したのだと話を締めくくった。

美和にとって、ばかで、恥ずかしくて、ちょっと悲しい思い出だ。綺麗事《きれいごと》を言うつもりはない。若かったからそんなこともあったという、ただそれだけの話だ。

学生時代にバイオを選択していたことは部下の何人かに話したことはあったが、このエピソードを話したのははじめてだった。無駄死にさせて悔やんでいるし、楽しい話題でもない。青臭く、センチな男と思われそうで、それも恥ずかしい。たとえ酒の席でも微妙な空気になるのは目に見えていて、案の定、話し終えたあとも一同は通夜のように黙り込んでいる。

渡瀬の静かな視線も頰に感じる。それは話しているあいだも感じていたが、最後まで渡瀬のほうだけは見られなかった。いまもちょっと目をあわせる気になれない。若気のいたりのほろ苦エピソードを彼に聞かれるのは、なんだか恥ずかしい気がした。

「でも」

カップを握りしめる山崎が沈黙を破る。

「御頭のお陰で、たったいちどとはいえそのウサギは外を見て死ねたんだし、見られないで死ぬよりはきっと幸せでしたよ」

「だといいけどな」

はは、と美和は弱く笑って話を収め、茶を啜《すす》った。


仕事を終え、ひとりで更衣室へむかう途中、おなじく仕事を終えた渡瀬があとから駆けてきてとなりに並んだ。

「お疲れ様です」

「おう」

美和は五センチほど高い場所にある男の顔へ目をむけた。男前の凛々《りり》しい顔である。

オヤジ妖精騒動の副産物というかそのお陰というべきか、この部下で十歳年下の渡瀬透真《とうま》とは瓢簞《ひょうたん》から駒《こま》のごとくに恋人となったのだが、オヤジがいなくなってからも落ち着いた交際を続けていて、以前は男前だな、ぐらいにしか思っていなかったはずのこの顔に、いまは特別な愛着を感じる。

「このあと、ご予定は」

「なにもねえけど」

「夕飯、もしよかったらいっしょに行きませんか」

控えめな声で誘う渡瀬の表情は硬かった。いつもだったらちょっと微笑《ほほえ》んでみせたりするのにと、違和感を覚えた。

「いいけど、今日はバイクで来たのか」

「いえ。電車なんです。車に乗せてもらってもいいですか」

「いいけど……」

渡瀬の深刻そうな態度が引っかかかり、なんとなくすっきりしない返事になった。

それに今日は月曜日である。オヤジがいなくなってからは、金曜の夜から日曜までをいっしょに過ごすのが定番化していて、たまに水曜辺りに誘われることはあっても、週のはじめの月曜に会うことはなくなっていた。

今日は電車通勤というのもいつもと異なる点である。美和宅へお泊まりするつもりのときは、翌朝の出勤に気を使ってバイクで来る。

つまり今日の仕事中に、なにか問題が発生したのか、相談事でもできたのかもしれない。

「どこに行くか。定食屋にでも行こうかと思ってたんだが、もっと落ち着いたところがいいか」

「いえ。どこでもかまいません。定食屋というと、帰り道の？」

「ああ。いいか？」

「はい」

話を手短に終え、更衣室でTシャツとコットンパンツに着替えると、おなじようにラフな格好へ着替えた渡瀬を連れ、車に乗った。

道中、助手席の渡瀬は言葉すくなだった。普段から多弁ではないが、とくに今日は静かだ。美和が話しかければ答えるが、その声はどことなく沈んでいる。

それは店に入ってからも続いた。

店内は奥の席にサラリーマン風の中年男性がひとりいるだけで、美和たちは車道の見える窓際のテーブル席にすわった。

きっと相談事があるのだろうと思っていた美和は、渡瀬の沈黙にあわせて会話を控えた。しかしいくら待っても渡瀬は切りださず、静かな眼差しで美和を見たり、テーブルへ視線を落としたりしている。言いたいことがありそうな雰囲気はたしかにあるのだが、言いだしそうな気配がない。

そのうち注文した定食が届いた。

「あ、酒飲む?」

「俺はいいです。飲んでください。運転しますから」

「いや、俺はいいんだが。おまえこそ飲んだほうが、話しやすいんじゃないか?」

「え……」

「なにか、俺に話があるんじゃないのか？」

美和にはさりげなく水をむけてやるなどという芸当はできない。邪気のない瞳をまっすぐにむけて端的に尋ねると、切れ長の一重の目がちょっととまどったように見つめ返してきた。

「どうして、そう思うんです」

「おまえがそんな感じの顔してるから。さっきから黙りこくってるし。相談事があるから夕飯に誘ったんだろうなーと思ったんだが」

「いえ……相談事があるわけじゃないんです」

「じゃ、なんだ」

「いえ、べつに……なにもないです」

渡瀬は美和の視線から逃れるように箸《はし》をとって、食べはじめる。美和はその様子をしばし眺めた。

とても、なにもないという感じではない。

昨日いっしょに過ごしたときは、いつもの渡瀬だった。それから今日の終業時刻までになにかあっただろうかと思い返してみるが、仕事に没頭していた記憶しか残っていない。

不機嫌というよりは、思い悩んでいる様子である。なにもないってことはないだろうと問いただしたいが、追い詰めるのもよくないかと思いとどまり、自分も箸をとる。

渡瀬が言いたくても口にできないことってなんだ。黙々と食べつつ考えてみるが、もしかして鼻毛が出てるとか？　など、くだらないことしか思い浮かばない。恋人の鼻から鼻毛が出ているからって、思い詰めた顔をして食事に誘ったりしないだろう。

　歳《とし》をとってくると、耳毛やら鼻毛やらが異常に伸びてきたりするっていうから、気をつけねばいかんなあ。そんなことで幻滅されたくないもんなあ、などと思考が脱線しかけた頃、ぽつりと話しかけられた。

「……山崎さんと大豆生田さんって、美和さんのことにすごく詳しいですよね」

「ん？　そうか？」

「学生時代のこととかも、ふたりには話してるんですね」

「あー、昼の話か。まあなあ。あいつらは寮暮らしだし、俺も三年前まで寮だったから、ほかのやつらよりは無駄話する機会が多かったかもな」

　それがどうかしたかと視線をむけるが、渡瀬はその先を続けず、なにか言いたそうな顔をして小鉢に視線を落とすだけだ。

　いったいなんなのだろう。そのうち喋りだすかな、とのんびりかまえて美和は味噌《みそ》汁を啜った。

　会話をしているとは言い難いほどのまがあいてから、また尋ねられた。

「ウサギの話は、ふたりも知らなかったんですね」

「ああ」

「ほかの誰かに、話したこととかは……」

「んー、ないんじゃないか。当時、宮田って友だちに話したぐらいか」

「そうですか……」

渡瀬が窓の外へ顔をむけ、ひとり言のようなちいさな声で呟《つぶや》く。

「あれって、たまたま俺もあの場にいたから聞けたけど、そうじゃなかったら知らないままだったんですよね」

「えーと。なんなんだ？　その話がなにか……？」

男の揺れる瞳がむき直る。渡瀬は美和の目を見て、それからテーブルへ視線を落とし、なんどもためらってからようやく口を開いた。

「その……そういう話は、自分だけにしてほしいな、と思って……」

「ん？　どういう意味だ。わかるように言ってくれ」

なにか言いたそうにしていたのは、昼間のウサギ話に関わることのようだとはわかったが、だからなにが言いたいのか、さっぱりピンとこない。他人の気持ちに疎い自覚はある。きっと己の理解力が足りないのだろうと眉《まゆ》を寄せ、両手を膝《ひざ》に置いて姿勢を正して次の言葉を待つ。しかし渡瀬は口元に弱々しい笑みを浮かべて首をふるだけだった。

「すみません。なんでもないです」

「なんだよ。やめるなよ。気になるだろ。俺、おまえを傷つけるようなこと言ってたか？」

「いえ……ちょっと、自分でもうまく言えそうになくて。忘れてください」

渡瀬はそれ以上言う気がなさそうだった。

「言いたいことがあったら、はっきり言ってくれよ。俺、はっきり言われねえとわかんねえぞ」

「ええ。食事についてきたのは、ただいっしょにいたいと思っただけで、特別話があったわけでもないんです」

「そうかよ……」

釈然としないものを胸に残しつつ、話はそれでうやむやとなった。

会話も弾まないまま食事を終え、なんとなくいつもの流れで渡瀬も美和宅へ寄ることになり、店を出た。

マンションまでの車内はやっぱり沈黙がちとなり、慣れない空気が落ち着かない。あのウサギの話に、渡瀬を落ち込ませたり傷つけたりするような内容があっただろうかと考えてみるが、やはりわからない。自分のがさつな言動が彼の心を塞《ふさ》ぎ込ませているのだろうとは思うが、具体的になにが引っかかっているのか伝えてもらわないことにはこちらも直しようがなく、しばらく様子を見るしかなさそうだった。

食事を済ませたあとではあるが、家に着いたら酒でも酌み交わしてみようか。酒の力を借りれば渡瀬の気持ちもほぐれて打ち明けてくれるかもしれないなと思っているうちに駐車場に着いた。渡瀬をうしろに従えて階段を上り、自宅玄関の鍵《かぎ》を開ける。

「ん？」

扉を開けて中へ入ると、廊下の奥にある居間が明るいことに気づいた。照明がつけっぱなしだ。

「あれ。朝、消すの忘れたか――」

靴を脱ぎながら呟いて、そこでおかしなことに気づいた美和は、はたと立ちどまった。

――今朝《けさ》、居間の電気なんかつけたか？

カーテンを開ければじゅうぶん明るい陽射《ひざ》しが室内に届く。朝は照明をつける習慣などない……のだが、ついているということは、寝ぼけてスイッチを押していたか。

まあたいしたことではない。すたすたと廊下を進み、居間の扉を開ける。

すると。

「……え……」

人の姿があった。

Tシャツにジーンズ姿の青年がくつろいだ姿勢でラグに横たわっている。ぎょっとして立ちすくむ美和に、青年の、ハーフのような華やかな顔がむけられた。

「久しぶりじゃのう、美和」

まぶしいほどに能天気な笑み。美和は驚きのあまり目玉が転がり落ちそうなほど目を見開いた。

「オ……オヤジっ⁉」

それは忘れもしない、オヤジ妖精だった。見慣れたちいさなおっさん姿ではなく、本来の青年型である。その姿は二度しか見たことがないが、よもや忘れられるはずがない。瞬時に悪夢のような過去が脳裏によみがえり、美和は顔を引き攣《つ》らせた。

「あんた、なんで……。また憑きにきた……わけじゃねえよな」

本来の姿だから精気は足りているはずだが、オヤジのことだからなにを言いだすかわからない。思わず警戒するように一歩下がると、うしろに来ていた渡瀬の胸に当たった。

「妖怪……っ」

渡瀬が美和の肩を抱き、美和以上に警戒心を剝《む》きだしにして、腕の中の恋人を守るように一歩前へ出る。

「安心せい。この姿を見ればわかるじゃろが。いまは弱体化しておらんで、取り憑く必要はないぞよ」

オヤジがおほほと笑って身を起こした。

「んじゃ、なにしにきたんだよ」

「まあまあ、ひとまずすわらんか」

「人んちに勝手に入っておきながら、なにを家主のように……」

三ヶ月前の別れ際、会いにくることもあるかもと言っていたから、暇つぶしにきたのかもしれない。ぶつくさ言いながらも、取り憑かれる心配はなさそうだと判断した美和は室内に進んだ。

「美和さん」

「ん。たぶんだいじょうぶだろ」

渡瀬に心配そうに声をかけられたが、美和はそれに軽く頷き、ローテーブルの前へ腰をおろした。渡瀬もオヤジを睨《にら》みながら美和のとなりにすわる。

「来るなら連絡ぐらいしろよ」

オヤジは美和の文句を聞いてもほほと軽く笑って受け流した。

「元気にしていたかの」

「まあな。妙な憑きもんが落ちたからな」

「わしがいなくなって寂しく思うていたのじゃろ。素直に喜んだらいいのにのう」

「誰が寂しがるか。冗談じゃねえ」

「照れ屋さんじゃのう」

あいかわらずのマイペースぶりに美和の頬がさらに引き攣る。

「あんたのほうは、箱根《はこね》はどうしたんだ」

「満喫したぞよ。よいところじゃった」

アホな殿様のように鷹揚な笑顔を見せていたオヤジだったが、そこでふと表情を曇らせた。

「よいところじゃったのじゃ。……しかしの。その……」

急に目を泳がせ、奥歯にものがはさまっているように言いよどむ。

「どうした」

オヤジが口にするのをためらうことがあるだなんて驚きである。天変地異の前触れか、はたまたうっかり人外と性交でもしてしまったのか。

「なんというかのう……」

なんなのだ。渡瀬といいオヤジといい、今日はものをはっきり言わないデーなのだろうか。

「なんだよ。また猫に襲われたか」

「ちがう」

「じゃあ、いい男がいなかったか」

それぐらいのことをためらうはずがないとは思ったが、適当に言ってみたら、オヤジが頬を染めてこくりと頷いた。

「そう。そうなのじゃよ」

オヤジは俯《うつむ》き、美和を上目遣いに見ながらモジモジしだす。

なぜか恥じらっているようだが、はっきりいって気持ち悪いことこのうえなかった。いまの容姿は美青年だが、美和の中でオヤジのイメージはあの腹巻をしたみじめったらしいおっさん姿で定着しているため、とても奇妙なものを見ている心地《ここち》がした。

「やっぱりのう……忘れられんのじゃよ」

「なにを」

オヤジが身体《からだ》をくねくねさせながら言った。

「橋詰《はしづめ》じゃ」

同期の男の名を告げられ、美和はぽかんと口を開けた。

「……あ？　橋詰？」

「そうじゃ。紹介してくれんかのう」

なぜ橋詰、と一瞬面食らったが、思い返してみればオヤジにとって橋詰の精気は極上だったのだ。はじめて橋詰を目にしたときから大興奮してあやつに迫れと美和にけしかけ、はては美和の身体の自由を奪って強引にセックスさせた。二度目に弱体化して美和に取り憑いたときも橋詰がいいとしつこく言っていた。

「あいつの精気って、そんなに言うほどすごいのか」

「うむ。それもそうなんじゃが、なんだかのう……。箱根にもな、それぐらい極上の者はおったんじゃ。しばらくその者の精気をもらっておったんじゃが、どうも、もの足りないような……橋詰のことが日増しに気になりだしてのう。どう思う？」

「どうって」

「これはおぬしらの言う、恋というものじゃなかろうか」

「ちがうんじゃねえの？」

至極冷静に否定すると、オヤジが不服そうに唇を尖《とが》らせた。

「なんでじゃ」

「あんたは橋詰の精気に執着してるだけだろ。そりゃ恋とはちがわねえか」

「そんなことは……ないんじゃもん」

美和に尋ねた格好だが、オヤジの中ではすでに答えが確定しており、恋だと言ってほしかったようだ。尖らせた唇をますます尖らせ、アヒルのようになった。

「二回しか会ったことねえのに」

「恋は会った回数で決まるのか」

「あー、そうだなあ……それは関係ねえか。でもなあ」

「なんじゃ」

オヤジがぐずるような目つきで美和を見つめてくる。

「あいつと会ったのってずいぶん前じゃねえか。いまごろ気づくのも遅すぎねえか」

「こんなふうにひとりの人間に執着するのははじめてなんじゃ。恋かもしれんと答えを導きだすのに時間がかかって当然じゃろが。おぬしなど、渡瀬と出会って何年も経《た》っておろう」

「う……。そうだけどさ……」

自分のことを引きあいに出されて赤くなりかける。どうしたものかと美和はとなりの渡瀬に目をむけた。

「なあ。どう思う?」

「勝手なことばかり言う妖怪だと思ってます」

渡瀬は徹底的にオヤジに冷淡である。

美和が尋ねたのは渡瀬のオヤジへの気持ちではないのだが、渡瀬も美和の質問の趣旨を理解していながら、あえてずれた意見をしているのは確認するまでもない。内心ではどーでもいいからさっさと消えろと思っているにちがいない。美和は苦笑いを浮かべてオヤジに目を戻した。

「橋詰、ねえ……」

オヤジの橋詰への気持ちが恋なのか勘違いなのか。十中八九、いや十中十勘違いだろうと思っているし、本当のところは美和も正直言ってどうでもいい。

しかし橋詰を紹介してくれと頼まれてしまった。同僚で友人でもある男へ、自称妖精の淫《いん》魔《ま》もどきオカルト生命体を紹介してしまっていいものか。

「美和、このとおりじゃ」

オヤジが正座して床に手をつき、がばりと頭を下げた。

「いちどでいいんじゃ。会わせてたもれ。この気持ちが恋なのかそうでないのか、はっきりさせないことには、満足に狩りもできないのじゃ」

「う〜ん……」

珍しく殊勝な態度で頭を下げるオヤジの姿に、情を動かされる。

美和は腕を組んで思案した。

もしオヤジの気持ちが本物で橋詰一筋になったら、そして橋詰もオヤジを受け入れたらと想像してみる。

オヤジのほうは、まちがって女性やオカマとセックスすることはなくなり、ふたたび弱体化することもなくなるだろう。つまり自分のような被害者は今後出なくなる。

そして橋詰も、彼の浮気症のせいで泣かされる女性がいなくなる。

弱体化して取り憑くのでなくふつうに抱きあうのであれば、橋詰も命に関わる危険はないだろう。

ふたりがくっつけば、いいことずくめのような気もしてくる。

「紹介するだけなら、まあいいか……?」

「おおう、さすがは美和じゃっ」

「でもあいつ、イギリスなんだよな。えーっと、連絡先がたしか……」

「なぬっ？　えげれすとな?」

オヤジが血相を変えた。

「それは海のむこうの外国のことぞな」

「そうだが。ひとりじゃ行けねえか」

「ひとりじゃろうがふたりじゃろうが、無理じゃ。わしは日本の本土からは出られん」

「ああ、そーいや妖精にパスポートは発行されないよな」

「本土から出られんのじゃ。結界を越えて海を渡ろうとすると、変質する」

「あ？　変質？」

怯《おび》えたように身体をすくめる青年姿のオヤジを、美和は目を丸くして見つめた。

「ばけもんにでもなるのか？」

「そうじゃ。ふぇありーやらのーむやらという、奇怪なものになってしまうらしいのじゃ」

「それ、呼び名が変わっただけじゃねーの？」

「ちがうのじゃ、ちがうのじゃっ」

オヤジの主張とその理屈はわからないが、とにかく海外には行けないという。

「んー、じゃあ、橋詰が帰ってくるまで……あ、待てよ」

待つしかないなと言いかけて、ふと思いだした。

「そういえば、七月末頃に帰国するってこのあいだ言ってたか……。おいオヤジ、そろそろあいつ、夏期休暇で帰ってくるはずだぞ」

よかったな、とオヤジにむかって話しかけていると、

「美和さん」

横から渡瀬が鋭い声を発した。

「ん？」

「あの人が帰国するって、なぜ知ってるんです」

「へ、なぜって……」

「いまでも連絡をとってるんですか」

「ああ。そうだけど」

頻繁ではないが、橋詰とはごくたまにメールのやりとりをしていた。抱きあった件については、直後に身体を心配するメールが届いたので、美和が「あれはなかったことにしろ」と返して以来、橋詰もそのことにはふれてこなくなった。互いに以前とおなじように友人の対応をしている。

彼とセックスしてから顔をあわせていないが、距離が離れたことでオヤジ妖精の影響力も消え、橋詰も目が覚めたのだろう。

渡瀬が眉間《みけん》にしわを寄せ、真剣な眼差しをむけてくる。

「……。紹介するってことは、帰国したあの人と会うつもりなんですか」

「まあ、そうなるよな」

肯定したら、その双眸《そうぼう》に険が増した。腕をつかまれる。

「この妖怪のせいで無理やり抱かれた人ですよ？　会えるんですか？　もし、また迫られたらとか考えないんですか？」

美和は渡瀬の剣幕にとまどい、まばたきした。

「だが、もう憑かれてないんだし。あいつとは友だちだぞ？」

「あなたはそう思っていても、彼のほうはわからないでしょう」

「いや、だいじょうぶだって」

「……なんで……」

渡瀬が苛立《いらだ》たしげに呟き、唇を噛《か》みしめた。

なんでと言われても、美和としてはすでに片づいた問題だった。たしかに橋詰とはまちがいがあったが、あれはオヤジの魔法のせいで、ある意味事故だったのだ。恋心があったわけでもないのだから、再会したところで、やけぼっくいに火がつくなんてことになるはずもない。もし迫られたら、という渡瀬の発想には困惑しか生まれなかった。

「そりゃ俺も、わだかまりがまったくないってことはねえけど、もう友だちに戻ったんだし、問題ないだろ。いつまでも気にしててもしょうがねえ」

「……あなたは、そうでしょうね」

渡瀬は美和の腕を離すと、あきらかに不服そうに目をそらして横をむく。

「もしまた抱かれても、しかたねーなで済ませてしまうんでしょうね」

嫌味っぽい言い方である。

はっきり言葉にはしないが、いかにも会うなと言いたげだ。不機嫌丸だしである。

その態度に美和は反感を覚えた。

「なんだよそれ。俺が橋詰に抱かれると思ってんのかよ」

「積極的に抱かれに行くとは思ってませんよ。ただ、そういう事態になっても、あなたは平然と受け入れるんだろうなと言っているだけです」

オヤジの魔法がとけたいまは橋詰も元に戻っており、美和としては友だちに会うだけの感覚である。それもオヤジを紹介するのが目的なのだ。それをまるで浮気しに行くみたいな言い方をされ、かちんときた。

「友だちだと言ってるだろうが。俺を信用できないのか」

「信用できないとか、そういうことじゃありませんけど……」

「じゃあ、なにが言いたい。おまえさ、さっき飯食ってたときも、はっきりしねーし。なんなんだよ」

渡瀬は押し黙ってしまった。

物事ははっきりくっきり明確に、を好む美和である。夕食時からの渡瀬の煮え切らない態度にちょっとイラっとしている。

会ってほしくなかったら、はっきりそう言えバカヤロウ。

気持ちを頑《かたく》なにした美和は、すっくと立ちあがって壁際のパソコンへむかった。

「おいオヤジ。これから橋詰にいつ会えるか聞いてみてやる」

「おおっ」

「ただ、むこうは昼間で仕事中のはずだし、返事はたぶん明日以降になるぞ」

オヤジに話しかけているが、渡瀬への当てつけでもあった。

橋詰は友だちだ。友だちに連絡をとるのを、恋人に気兼ねする必要などないはずだ。

「明日でも明後日《あさって》でも待つぞよ」

オヤジがうきうきした調子で美和のとなりににじり寄ってくる。

「返事が来るまでどうするつもりだ」

「ここにいる」

「あ？　……まあ、いいけどよ。あんたって、普段どこで暮らしてるんだ」

「たいがいは獲物となった男の家にいるのう。公園ですごすこともあるかの」

「連絡したいときは――そういや金とか持ってんの？」

「そんなものはわしには必要ない」

「まじか。不便なことはねえのか？　ん～、なんて書くか。『元気か』と……」

背後で渡瀬が立ちあがる気配がした。

「俺、帰りますね」

「え」

美和がふりむいたときには渡瀬は居間から出ていた。

美和のマンションから駅までは、歩けないほどではないがけっこうな距離がある。

渡瀬の態度と嫌味にはムカついたが、家から追いだすほど怒ったわけでもない。

「ちょっと待てよ。おまえ、今日は足がないだろ」

「駅まで歩きます」

慌ててあとを追いかけて渡瀬の腕をつかんだが、やんわりと引き剝《は》がされた。

「おい……」

渡瀬は黙って靴を履くと、美和を見おろした。

「俺のことはおかまいなく。早く橋詰さんに連絡したらどうですか」

冷ややかに言って、玄関から出ていった。

美和は渡瀬の捨てゼリフにムッとして、それ以上追いかける気にならなかった。

「なんだよ……」

勝手にしろと思い、オヤジのいる居間へ戻った。

二

渡瀬とギクシャクした状態は金曜まで続いた。

おなじ研究室にいるとはいえ、いっしょに作業することはないので、話そうと思わなければ話すこともさほどない。そのため話しあうきっかけをつかめずにいる。

あの日の渡瀬は元々燻《くすぶ》るものを抱えていた。そこに橋詰という禁句が出てしまったからあれほど不機嫌になったのだろうことは理解している。それを考慮しても、こんなに長引かせることでもないと思うのだ。思うのだが、激しく口論したわけでもなく、喧嘩《けんか》という感じでもないから美和ももやもやしてしまい、どうにも収めどころが見つからない。

彼の燻りの理由も、オヤジの登場のせいでけっきょく聞けずじまいになってしまった。

渡瀬が橋詰に対して過剰反応することは知っていたくせに、無神経にオヤジと話してしまったのはまずかったと美和も反省している。しかしそれを自分から謝るのもどうかと思ったりもする。橋詰との件での被害者は自分なのだ。当時は恋人でもなかった男に、なぜ謝らなきゃいけない。

今日は金曜日。いつもならば渡瀬が家にやってきていっしょにすごすのだが。さて、渡瀬はどう出るか。

むこうもいつまでもこんな状態でいたいはずはないだろう。美和のほうから声をかけてやってもいいと思う。だが、今週はスルーしたほうがいいのかな、という思いもある。

なぜなら明日橋詰と会う約束をしているからである。

月曜の夜に帰国の予定をメールで尋ねたところ、橋詰からの返答は、今週木曜日に日本へ戻るということだった。イギリスの話も聞きたいし久々に会おうと誘うと、土日を空けておくというので、じゃあ土曜日にということで話がまとまった。

今日仲直りできたとしても、明日橋詰と会うなんて話をしたら、渡瀬がまた臍《へそ》を曲げるかもしれない。といって言わずにいても、あとでその話題が出て、俺に黙って会ったんですね、なんてことでやっぱり臍を曲げられそうだ。

——どうしたもんだか。

やれやれとため息をついて帰り支度をはじめる。渡瀬は帰れそうだろうかと顔をむけると、ちょうどタイミングがあったようで視線がかちあった。

美和は廊下へ出るように視線で促し、自分も鞄《かばん》を抱えて立ちあがった。

「お疲れ。お先な」

居残っている部下たちに声をかけて廊下へ出て、その先で待っていた渡瀬のもとへ歩み寄ると、できるだけさりげない態度で見あげた。

「おまえ、今日はどうする」

静かな眼差しに見おろされる。渡瀬はいったん目を伏せ、それからひたむきな眼差しで、ふたたび見つめてくる。

「……伺っても?」

遠慮がちな問いに、美和は頷いた。渡瀬にも和解の意思があるようで、内心ほっとする。

「いいんだが、オヤジがいるぞ」

「まだいたんですか」

「ああ。それからな。明日、オヤジといっしょに橋詰に会いに行くことになってる」

橋詰と聞いて、渡瀬の唇が引き結ばれる。

「もう、帰国してるんですね……」

「昨日帰ってきたらしい」

「……やっぱり会うんですね」

「まあな」

渡瀬が不服そうに黙る。

「あー、俺のことが信用できねえんなら、おまえもいっしょに来るか?」

事前にしろ事後にしろ、橋詰と会うことはきっと話すことになるだろう。だったら先に話しておいたほうがいいと思った。それから浮気の心配をされるならば、いっそ渡瀬も連れていってしまえば、互いの精神衛生上いいんじゃないかと思いついて誘ってみた。

「な、そうしろよ」

よい提案じゃないかと思ったのだが、渡瀬は乗ってこなかった。

「いえ。ご友人と久々の再会でしょう。俺がいたら邪魔でしょうから。今日も、伺うのは遠慮しておきます」

硬い表情になり、ふてくされた子供のようにふいと横をむいてしまった。

「俺、仕事残ってるんで、戻らないと」

「……。そうか」

渡瀬とはその場で別れ、美和はひとりで更衣室へむかった。

着替えて外に出ると、梅雨時の湿った風が首筋にまとわりついてきた。夜空は暗く、どんよりとした雲に覆われており、星ひとつ見えない。まるでいまの美和の心中を表すかのようにすっきりしない。

美和には、渡瀬は橋詰のことを気にしすぎだとしか思えなかった。

橋詰に抱かれている現場を目撃してしまったのが、よほどショックだったのだろうとは思うけれど。

橋詰とのまちがいは、オヤジ妖精のせいだと渡瀬も理解している。オヤジに拘束されて拒めなかったためだと信じてくれている。しかし橋詰の気持ちについては、以前から美和に想《おも》いを寄せていたのではと疑っているのかもしれない。美和が友だちだと言っても、それは美和が鈍いから相手の気持ちに気づいていなかっただけだとでも思っていそうだ。

「……んなはずねえのに」

橋詰とのつきあいが長い美和としたらありえない話だ。オヤジの影響さえなければ、ただの友だちなのに。

「どうすりゃいいんだか……」

明日会うことを、やっぱり言わないほうがよかっただろうか。

しかし言ってしまったものはしかたがない。

珍しく不機嫌な恋人への対処がわからず、ため息をついて髪をかきあげた。

家へ帰ると、オヤジが居間でごろごろしていた。

昼夜を問わず、気がむくと外へ出てふらふらしているようで、いたりいなかったりだ。

妖精に食事は必要ない。眠くなると適当に寝ているようだが、布団も必要ない。静かにしていてくれたら、それほど邪魔な居候でもなかった。

「ただいま」

「おや。今日も渡瀬はおらんのか」

「ああ」

いま一番訊かれたくないことを話題にされ、美和はぶすっとして鞄を放り投げ、浴室へむかった。

シャワーを浴びて出てくると、オヤジがまた話しかけてくる。

「おぬし、渡瀬とはいつ性交しておるのじゃ」

「あ？　なんであんたにそんなこと話さなきゃなんねーんだ」

苛つきながらキッチンへ行き、冷蔵庫から缶ビールをとりだした。

居間のほうからオヤジの声が届く。

「わしが来てから、性交しておらんのじゃないかえ？　そんなことで身体はもつのか？」

「あのな。俺は淫魔じゃねえんだよ」

言い返して缶ビールに口をつける。

「人間だって性欲はあるじゃろ。したくならんのか？　なんならわしが相手をしてやってもよいぞよ」

飲みかけたビールを噴きだしそうになった。

「その場合、俺があんたを抱くのか」

「そうじゃ」

「それで精気をとられるのか。冗談じゃねえ」

「おぬしといい渡瀬といい、なぜわしに靡《なび》かんのじゃろ」

不思議じゃのう、とオヤジが呟く。

「ほかの男は、魔法を使わなくてもあんたに靡くのかよ」

「たいがいがそうじゃぞ」

「ほんとかよ」

たいがいと言うのは言いすぎな気がするが、オヤジのいまの姿はすこぶる美形で、その主張もわからなくはない気もする。

しかし美和としては弱体化したときの気味の悪い姿が強烈に印象に残っているため、たとえ魔法を使われても惑わされない自信があった。

「明日は橋詰に会うからの。性交は控えておこうかのう」

「それがいいだろうな」

オヤジがキッチンにやってきて、身体を擦り寄せてきた。

「のう美和。橋詰の話をしてくれんかの」

「ああ？　それより先に夕飯食わせろ」

「もったいぶるでない。食べながらでも話せるじゃろ」

「なにが聞きたいんだよ」

「干支《えと》と星座とすりーさいずじゃ」

「知るか」

なんでそんなことが訊きたいんだとか言いあって、しばらくくだらない会話が続く。

能天気に橋詰の話をせがんでくるオヤジをうっとうしく感じながらも、こいつがいてくれてよかったかもしれないと思った。今夜はひとりでいたら、ずっと渡瀬のことを考えて悶々《もんもん》としてしまったかもしれない。

と思ってから、そもそもオヤジが橋詰を紹介してくれなどと言って押しかけてこなければ、渡瀬ともこれほど気まずくならなかったんじゃないかと気づき、舌打ちしたくなった。

ともかく自分はオヤジという気晴らしの相手がいるからいい。だが、渡瀬のほうはいまごろどうしているだろう。

ひとりで悩んでいるだろうか。

「ついに明日じゃのう。わくわくするのう」

「そうかよ」

早いとこなんとかしなきゃなと頭の片すみで思いつつ、オヤジの相手をして夜をすごした。

翌日は都内まで電車で行くことにした。

約束の時刻は午後六時で、夕方涼しくなってからシャワーを浴びてポロシャツを着る。どんな格好をしたらええじゃろかと騒いでうっとうしいオヤジには適当にTシャツをすすめておき、準備ができたら興奮するオヤジを連れて駅へむかった。

「ぬおっ。み、美和、待つのじゃ」

オヤジのぶんも切符を購入し、先に改札を通る。するとうしろから焦った声で呼びとめられた。

ふりむくと、オヤジは自動改札のバーに行く手を塞がれていた。切符は手にしたままである。

「ど、ど、どうすればよいのじゃ」

「……それをそこに入れて」

美和の指示でオヤジがびくびくしながら切符を投入口に入れる。バーが開くと、ぬお、とびくつきながらも頰を紅潮させて歩きだすオヤジの様子に、美和は素朴な疑問を投げかけた。

「もしかして、電車に乗ったことないのか？」

「ばかにするでない。わしだって電車に乗ったことぐらいはあるのじゃ。ただ、こういうのはちーと苦手なだけじゃ」

「いや、ばかにしてるわけじゃなくて……」

話しながら歩いていくと、行き交う人の視線をやたらと感じた。男女を問わず、ふり返って見る人も多く、ホームに立つと、ろこつに注目を浴びているのを鈍い美和でも感じとれた。

注意して人の視線を観察してみると、まず、皆オヤジに目がいくようだ。それから連れの美和に目をむけている。たいがいの者は靡くのだとオヤジが豪語するだけのことはあるのだろうか。例の、男を惹《ひ》きつけるとかいうフェロモンでも垂れ流しているのだろうかと思ったが、遠くにいる人にまで影響をおよぼすとは思えない。人外なだけあって、それ以外にも人の意識を惹きつけるものがあるのかもしれない。

オヤジはそんな視線には頓着《とんちゃく》せず、もっぱら電車に関心を注いでおり、ホームに電車が来ると、こらえ切れない興奮のうめきを漏らしていた。

「ぬおお……」

「これに乗るぞ」

「う、うむ」

乗車し、座席が空いていたのでふたり並んですわった。

オヤジはきょろきょろと車内を見まわしたかと思うと、身体をひねって窓の外を眺めたりする。

電車がゆっくりと動きはじめると、その興奮は最高潮となった。

「み、美和。動いたぞっ」

瞳をきらきらと輝かせて興奮するオヤジははじめて電車に乗る子供そのものだ。電車に乗ったことがあるってうそだろ、と言いたい。

「ちょっと落ち着け」

子供ならば微笑ましいが、オヤジの外見はふつうの成人男性なのである。周囲の視線がちょっと恥ずかしい。

「あんたさ。本当に電車に乗ったことあるのか？」

「あると言うとろうが。ずいぶん昔にいちどきりじゃが」

「それって自動改札もなかった頃か？」

尋ねてみたが、自動改札という言葉の意味がわからなかったのか、無視された。

ともあれかなり昔のことなのだろう。いったいいつから生きているのか知らないが、もしかしたら百年近く前だったりとか。

「そういえばさ。オヤジ、金持ってないんだよな。箱根からどうやって来たんだ」

所持金がないなら公共の交通機関は使えない。妖精だと言うからには魔法で瞬間移動したりとか、あるいは虜《とりこ》にした男の車に乗ってきたりしたんだろうと思っていたのだが、返ってきたのは予想外の答えだった。

「歩いたのじゃ」

「へ」

箱根から美和の住む地域まではとんでもなく遠い。

「まさか、箱根からうちまで、ずっとじゃないよな」

「ずっとじゃぞ」

「……一日ふつかで歩ける距離じゃねえよな……？」

「そうさのう。おぬしの居場所がどこだかわからなくなってしもうての、ちと山のふもとをさまよったり、道に迷ったりもして……二十日《はつか》ぐらいかかったかのう」

オヤジはのほほんと答える。

「魔法とか、ねえの？」

「道に迷ったときは、ちょっと飛んだりもしたぞよ。じゃが、長距離飛行は無理だて」

「まじか……」

箱根から歩くという発想がなかった美和はひたすら驚いた。逆にオヤジのほうは移動に車などを利用するという発想がないらしく、平然としている。

「もっと早く美和のもとを訪ねるつもりだったんじゃが、そんなわけで、ちと時間がかかったのじゃ」

「……オヤジ。なんだかあんたがすこし不憫に思えてきたぞ」

「なぜじゃ？」

「いや……」

これまでどんな人生を歩んできたのだろう。こんな得体の知れないものに情が移ったらやっかいなのであえて興味を持たないようにしてきたのだが、少々気になってしまう。

そうこうしているうちに電車は都内に入った。いちど乗り換えて橋詰のマンションの最寄《もよ》り駅で下車する。乗車中、ぼちぼち到着するとメールを送っておいたので、改札を出ると橋詰が待っていてくれた。

涼しげな麻のシャツをはおってモデルのように立つ彼に、人々の視線が集まっている。

「美和」

橋詰が片手をあげ、満面の笑みで格好よく歩み寄ってくる。美和も笑顔で応じた。

「よお」

「久しぶりだな」

橋詰が真正面に立ち、見おろしてくる。その眼差しはやたらと甘く色っぽく、まるで久々に再会した恋人を見るような目つきだった。

橋詰は常にフェロモン垂れ流し男だが、美和に対してそんな眼差しをしたことはオヤジ妖精に憑かれていたときだけだ。それがなぜいまも。

気のせいだろうかと内心で首をかしげた。

「ええと、帰ってきたの一昨日《おととい》だよな。時差ボケはだいじょうぶか」

「ああ。おまえの顔を見たら、眠気なんかふっ飛んだ」

「どういう意味だよそりゃ」

「あいかわらず、目が覚めるほど綺麗だなと思ってさ」

「あ？」

「誘ってもらって嬉《うれ》しかった。本当は来週帰国の予定だったんだが、早くおまえに会いたくて今週にしたんだ。それを伝えたとたん、会おうだなんて、照れ屋のおまえのほうから……おまえも俺とおなじように会いたかったんだなってわかって、嬉しかった」

やっぱり変だ。普段の橋詰は女好きで、男にこんなことを言ったりしない。これではオヤジに憑かれていたときとおなじノリではないか。

「おい、橋詰。なに言ってんだ」

「わかってる。照れなくていい」

「いや、照れてないぞ」

とまどいを覚えつつ、それよりも今日の目的を済ませなくてはと思い、背後に隠れるように立っているオヤジの存在に意識をむけた。

「ところでな」

美和は頬を赤らめてモジモジしているオヤジの横に並んだ。

「橋詰、友だちを連れてくるって話したよな」

「そんなこと、話したか？」

「メールに書いただろ。こいつなんだが――」

そこまで言って、美和はふと口を閉ざす。そしてオヤジへ顔をむけた。

「そういや、名前、なんていうんだ？」

勝手にオヤジと呼んでいたが、名前を訊いたことはない。オヤジがいなくなってから、なんて名前だったんだろうと考えたこともあったが忘れていた。尋ねると、オヤジはきらきらハーフ顔でどどんと答えた。

「三郎《さぶろう》じゃ」

「……さぶろう」

その顔で？　というつっこみはかろうじて飲み込んだ。

その綺麗な顔で『三郎』は意外だった。

「てことはもしかして、一郎《いちろう》や二郎《じろう》がいたりすんのか」

冗談のつもりで言ったのだが、オヤジに真顔で肯定された。

「四郎《しろう》と五郎《ごろう》もいるぞよ」

「まじかよ」

こんなものが世の中にすくなくとも五人はいるらしい。なんて恐ろしい。

どうでもいいが、オヤジは妖怪と呼ばれることはものすごく嫌がるのに、オヤジと呼ばれることには頓着しないんだな、と美和が頭の片すみで思っていると、オヤジがおずおずと橋詰のほうへ一歩進み出た。

「よ……よろしく」

緊張でがちがちである。はたしてこれがあのふてぶてしいオヤジ妖精と同一人物なのだろうかと目を疑いたくなる純情ぶりだ。

「どうも。橋詰といいます。ところで美和」

橋詰はオヤジを一瞥《いちべつ》しただけで、美和に身体をむけた。

「こんなところで立ち話もなんだから、移動しようか。夕食でもとりながら話そう。よければ、おまえと行きたいところがあるんだ」

肩を抱かれ、にこやかに促される。橋詰の眼中には美和しかなく、オヤジの存在は軽く無視だ。

「ま、待て」

美和はうろたえて橋詰を止めた。誰もがふり返る魅惑の美青年を目にすれば、橋詰も自分のことなど忘れてそっちに夢中になるに決まっていると思っていた。それなのに、オヤジを無視して自分にアプローチするだなんてあきらかにおかしい。絶対におかしい。カッパの頭に皿がないぐらいおかしい。

「橋詰。おまえ、どうしたんだ。おかしいぞ」

「そうか？　まあ、すこしハイになってるかな。あんな別れ方をして三ヶ月も遠距離だったからな」

　まるで美和と遠距離恋愛でもしていたかのような口ぶりである。

「あんな別れ方って……俺、あれは忘れろって言ったよな」

「ああ」

「んで、その後はおまえも、以前の関係に戻ったじゃないか。なんでまた……」

「おまえが照れるから、色っぽいことを言うのは控えておこうと思っただけだが。その代わり帰国したらたっぷり、と……」

　橋詰も美和のとまどいに気づいたようで、まじめに見つめ返してきた。

「友人だった俺と深い関係になったから、照れてるんだろう？」

「ちがう。全然ちがうぞ。誤解だ」

　美和は肩に置かれた橋詰の手をつかんでおろさせた。

　オヤジが離れてからは、部下などのまわりの者は美和へ異常な執着をすることはなくなった。当然橋詰もそうだろうと思っていたのに、まるで魔法がとけていないような態度である。

「どうなってんだ……。オヤジの魔力が持続してる……はずはねえよな。憑いてねえのに」

　よくよく考えてみれば、前回橋詰と会ったときは、オヤジのせいで美和はフェロモン全開だった。橋詰はその印象を抱いたままイギリスに行ってしまったのだ。

　部下たちは元に戻った美和を見て「あれ？　なんだ、ふつうの男じゃないか」と、目を覚ますことができたが、橋詰にはその機会が今日までなかった。

だからオヤジが憑いていたときの印象をいまでも抱いており、美和に惚《ほ》れたと思い込んだままなのではないか。下手に三ヶ月もあいだがあいてしまったから、思い込みが強化されてしまったとか。

橋詰は思い込みの激しい男だし、ありえないことではない。

そういうことではないかと考えて、美和は橋詰から一歩離れてみた。

「おい橋詰、ちゃんと俺を見てみろよ。色っぽくもなんともないだろ。おまえと同い年のおっさんで、美女じゃねえぞ」

橋詰の視線が美和の頭からつま先へと流れ、顔に戻る。

「どうだ。目が覚めたか」

「ああ。俺はどうやら夢を見ていたようだ」

「そうか」

そりゃよかった、と安堵《あんど》するまもなく、橋詰が近づく。

「三ヶ月前よりも、ずっと色っぽいよ」

「おい？」

「とてもいい香りがする。香水か？」

「そんなのつけるわけねえ」

「そうか。だが……なんだろうな。もっと近づいて、香りを胸いっぱいに吸い込みたい気分だ」

橋詰がふたたび肩を抱き寄せ、色気むんむんで顔を寄せてくる。

なぜだ。

混乱しかけたが、美和ははっとした。美和のとなりにはオヤジがいる。美和にはよくわからないが、オヤジは男を惹きつけるフェロモンを常時垂れ流しているのかもしれない。橋詰はそのフェロモンが美和のものだと勘違いしていないか。

「ま、待て。その色気も香りも、俺が発してるんじゃなくて、となりから漂ってんだっ。オヤジ、離れてみろ」

助けを求めるようにオヤジを呼ぶが、オヤジは呆然《ぼうぜん》としていて反応がない。

「おい、オヤジ」

「……」

「おいって。なにぼーっとしてんだ」

呼ぶ声が耳に届いていないようだった。

「どうしたんだよ」

オヤジの肩へ手を伸ばし、揺すってみる。その視線は橋詰にむけられていて、美和のほうを見ようともしない。揺すぶられてもされるがままだ。

どうやら完全に橋詰に心を奪われているらしい。

「俺の顔になにかついてるかな？」

視線に気づいた橋詰がオヤジに声をかける。するとオヤジはゆでだこのように赤くなって下をむいた。

美和が呼びかけても揺すっても無視していたくせに、橋詰のひと言には乙女のような反応である。

「……おい、オヤジ。俺の声だけ遮断か？」

さっきまでは美和にも返事をしていたのに、橋詰とあいさつしてからこの変わりようだ。

「ったく、なんなんだよ」

オヤジが離れないなら自分がふたりから離れたらいいのだが、肩を抱く橋詰の腕が離してくれない。

「橋詰、手を離せ」

「どうした。さっきから落ち着かないな。誤解だなんて言って、本当は照れ隠しか」

「ちがうっ」

「照れるおまえも可愛《かわい》いもんだな」

「ちがうんだって」

「そうかそうか。わかった。そういうことにしておいてやる」

橋詰も聞いているようで聞く耳を持たない態度である。胸を押しやろうとしたら、からかうように抱きしめられてしまった。

「おまえね……、あーもー」

拒否すればするほど、照れているのだと思われそうだった。

「もういい。店に連れてってくれ。話はそれからだ」

橋詰もオヤジもやたらと目立つ。改札前の構内広場で自分たちが衆目を集めていることに気づいたのと、腹が減ってきたこともあり、美和は橋詰を促し、オヤジを引っ張って出口へむかった。

橋詰に案内されて入ったのはインドカレー専門店だった。気取った店よりもざっくりした雰囲気のほうが美和の好みだと橋詰も熟知している。そしてイギリスでの食事情にインド料理は欠かせないのだと橋詰が話しはじめ、自然な流れで彼の土産《みやげ》話となった。

オヤジは食べ物を食べる必要はないが食べられないこともないらしく、ふつうの人間らしくかしこまってカレーを食べている。しかし緊張しすぎてスプーンをうまく扱えず、皿に当ててカチャカチャ鳴らしている。

だいじょうぶだろうかと心配しながら横目で見ていたら、案の定、とり損ねたチキンをテーブルへ転がした。

「ぬおっ」

オヤジが焦ってスプーンを飛ばす。それからなにをどうやったか、カレー皿をひっくり返した。

「どわっ」

さらには水の入ったグラスを倒し、なぜかタンドリーチキンが飛び跳ねて天井にぶつかり、床へ転がった。

「オヤジ、落ち着けっ」

このままではテーブルもひっくり返しかねないと、美和は慌てて立ちあがり、一喝《いっかつ》した。

オヤジがぴたりと動きを止め、そこで惨事の拡大が収まった。

「す、すまぬ……」

店員が片づけにきてくれて、席を移動して落ち着くと、オヤジが身体を縮込ませて俯いた。

「驚いたね。まるで手品のようだったよ」

橋詰が場を和ませようとして明るく笑ったのだが、オヤジはそれを聞いてますます萎縮《いしゅく》してうなだれてしまった。

その後食事を再開したのだが、橋詰の前で失敗したことがこたえたようで、オヤジはしょげてしまって、それまで以上に喋ろうとしなくなってしまった。普段の邪魔臭さはいったいどこへ行ってしまったのか、存在感ゼロでおとなしくしている。

「それでな、さっきの話の続きだが」

橋詰は橋詰で美和ばかりに話しかけてアピールしてくる。

「正月にも帰国するつもりだが、その前に、おまえもイギリスに遊びにこないか。俺のところに泊まればいいいし、どこでも案内するぞ」

食事をしているうちに目が覚めるだろうと思っていたのだが、その気配は微塵《みじん》もなかった。カレーも土産話もいいけれど、これではオヤジを紹介した意味がない。

「おいオヤジ、なんか喋れよ」

せっかくのアピールタイムじゃないかとけしかけるが、橋詰に口をはさまれた。

「黙って食べたいんだろう、そっとしておいてやったほうがいい。それより美和。本当にさ、会うのが楽しみだったんだ」

美和は面倒臭そうにため息をついた。友人としか思っていない男のアピールに嫌気が差してきていた。

いい加減、はっきり言おう。

「あのな、橋詰」

脂で汚れた指を手拭《てぬぐ》いで拭《ふ》き、改まった口調で告げた。

「俺、いま……つきあってる相手がいるんだ」

「え……」

唐突な宣言に、橋詰がグラスを持つ手を止めた。橋詰としては自分がつきあっているつもりだったわけであり、そのうえ彼の知る美和は恋愛事とは対極にいる男だ。その驚きは当然だった。

「うそだろう。いつのまに」

「おまえがむこうに行ってまもなくかな。だからさ、そんなにアピールされても、受け入れられねえんだ」

橋詰が腕を組み、それまで軽快に喋っていた口を閉ざす。それからすこしまを置き、眉をひそめて呟いた。

「そうか……俺が日本を離れて、相手ができなかったからな……。ほかの相手で寂しさを紛《まぎ》らわせようとしたのか」

かわいそうな美和、と言わんばかりの哀れみに満ちた眼差しをむけられ、どこまで自信家なんだと美和は心の中で毒づいた。

「悪いが、そうじゃねえんだ。ほんとに、そいつのことが好きだから……おまえは友だちとしか思ってない」

「ならば三ヶ月前のあれは？　あのときは俺を受け入れてくれただろう。まんざらでもないと思っていたことは事実だろう？」

「いや……」

まんざらでもないだなんて思っちゃいない。あれはそこにいるオヤジのせいだ——とは言えない。

美和は卓上に目を落とし、スプーンを手にした。

「ともかくさ、いまの俺は恋人がいるんだよ」

「俺よりそっちを選ぶと、本気で言ってるのか」

「ああ、そうだ」

「……そうか」

橋詰が静かに頷き、思案するように自分の唇を指先で撫《な》でる。

「わかった。それで事情がつかめた。新しい恋人ができたから、代わりに名前もろくに知らないその子を連れてきたんだな」

その子、と言いながら橋詰がオヤジをちらりと見る。

「だが俺は基本的にノンケなんだが」

「わかってる。こいつを連れてきたのは、俺の代わりとかそういうつもりじゃない。それとこれとは別件だ。なにしろおまえが俺のことを想ってただなんて、想像もしてなかったんだから」

「ほう。そうか。想像してなかったか」

ふいに色っぽく、不敵な笑みを見せられた。

嫌な予感。

「だったら改めて、俺は本気だと宣言させてもらおうかな」

「おい……」

「恋人ができたぐらいで、俺が諦める男だと思うか？」

頬杖《ほおづえ》をつき、自信に満ちた顔で覗《のぞ》き込んでくる友人を美和は苦々しく見返した。

「……略奪、燃えるんだったな」

「わかってるじゃないか。そんなことを聞かされたら、闘志が湧いてきたよ。なにもかも忘れるぐらい、俺に溺《おぼ》れさせてやる」

勘弁してほしい。美和はげんなりして、嫌味なぐらい大げさにため息をついた。

「おいオヤジ。頼むからこいつに魔法でもかけてくれよ……」

オヤジはあいかわらず俯いてモジモジしているだけだった。

三

食事を終えると、今夜はうちに泊まれとしつこく誘われ、美和もオヤジも橋詰のマンションに一泊することになった。

「美和。ちと、わしの相談に乗れ」

オヤジと客間にふたりきりになると、オヤジが畳に正座した。美和もつられて正座してむかいあった。

「やはりの、わしの気持ちは恋じゃと思うんじゃ」

オヤジが頬を赤らめて断言した。かと思ったら、目を伏せて、両方の人差し指の先をくっつけて、乙女のようにもじもじしだす。

「しかし、なんで橋詰は美和にばっかり……なんでわしに靡かんのじゃろ」

「そりゃあ、あんたが俺の身体を操って誘惑したからじゃねーの。あいつ、すっかり俺に惚れたと思い込んでるぞ」

自業自得だろう。オヤジが肩を落とした。

「三ヶ月ほったらかしてたから、いっそう思い込みが深まっちまったんだと思うぞ」

「うう……」

「しかしなんだろうなー、橋詰があんたに興味を示さないとは思わなかったな。あいつはゲイじゃないけど、それにしてもなあ」

ここに来るまで、オヤジがかなりの人数の男たちの気を引いていたのは美和も目にしてきた。しかし美和も渡瀬もオヤジにあまり惹かれないし、美和に惚れたと思い込んでいる橋詰もオヤジに惹かれている様子がない。自分や渡瀬が惹かれないのは不細工な姿を知っているせいだと思っていたが、橋詰も惹かれないということは、ほかにも理由があるのだろうか。

「もしかしてあんたのフェロモンって、恋してるやつには効きにくいのかね」

なんとなくそんな気がして口にしたら、オヤジも心当たりがあるのか、同意した。

「おお。いままであまり気にしたことはなかったが、言われてみれば、そうなのかもしれんのう。おぬしや渡瀬にも効かんから、きっとそうじゃろ」

自分のことだというのにオヤジはあいかわらず適当だ。

「ふうん。まあ、それがわかったからといって、話が進むわけでもないんだよな」

美和はぽんと膝を叩《たた》いた。

「さて。あんたは自分の気持ちが恋だとわかった。自分の気持ちを確認するために橋詰に会いたいってことだったから、これで目的は達成されたわけだな」

「う、うむ。しかし」

「わかってる。んじゃ帰るか、とは俺もさすがに言わねえよ。せめて友だちぐらいにはなっておきたいだろ」

オヤジがこくりと頷く。

「こんなこと、はじめてなんじゃ……できれば、恋人とかいうものになりたいんじゃが」

「それは……気持ちはわかるけどな」

美和は橋詰の様子を思いだして腕を組んだ。協力はしてやりたいが、どうしたらいいものか。

「いま、男を惹きつける魔法ってやつを特別使ってるわけじゃないんだろ。だったらもっとさ、魔法使ってフェロモン全開にしたらどうだよ」

それが手っ取り早いだろうと提案したが、オヤジは首を横にふる。

「それは嫌じゃ」

「どうして」

「わしも美和たちのように、魔法を使ってじゃなく、自然に恋愛なんてもんをしたいんじゃ」

魔法の力ではなく、心から橋詰に好きになってほしいのだと言って、半べそをかきだした。

「だったら、もっと自分から話しかけるなりしろよ。食事中、なんでずっと黙ってたんだよ」

「それは……わしに靡かないことに衝撃を受けたりとか……は、恥ずかしくて、話しかける勇気が出んとかでじゃな……」

オヤジが緊張しているのは一目瞭然《りょうぜん》なのだから、喋れよと言う前に気を利かせて話をふってやればよいのだが、残念ながら美和はそんな気遣いのできる男ではなかった。

「んー。じゃあやっぱり、まずは友だちを目指すんだな。喋る勇気もねえのにいきなり恋人を目指すのは無理だろ」

「そ、そうか……では、がんばって話しかけてみようぞ」

「そうそう。焦らず気楽にいけ」

そんな話をしていると、扉をノックされ、橋詰が顔を覗かせた。

「風呂《ふろ》、沸いたぞ」

「ああ、すまん」

「ところで、客用の寝具がひとつしかないんだ。だから三郎くんにそれを使ってもらって、美和は俺のベッドにいっしょに寝たらいいと思ってるんだが、いいよな」

橋詰が含みのある笑みを見せた。

「……いっしょに？」

「ああ。ダブルサイズだから、寝られないことはないだろう」

冗談ではない。そんなあからさまな誘いに頷けるはずがなかった。

「いい。こいつは布団なしで寝られるやつだから、俺が客用の布団を借りる。それで問題ない」

「三郎くん、本当かい？」

「そ、そそ、そうじゃっ」

橋詰に話しかけられていっきに興奮したオヤジが、どもりながら大きく頷く。

「そう？　遠慮はいらないよ」

橋詰の視線が美和に戻る。余裕のある表情である。

「寝る話はまだいいか。ともかく先に風呂に入ってくるといい。それから酒でも飲みながら、もうすこし話そう」

「……ああ」

オヤジは食事同様、風呂に入る必要もないのだが、人間のふりをしているのでいちおうそれらしく、先に入らせた。その後、美和もシャワーを浴びる。

「橋詰のやつ……まずいな」

ものすごーく狙《ねら》われている気がする。

それはここへ泊まっていけと誘われたときから感じていて、本当は泊まらずに自宅へ帰りたかったのだが、橋詰とひと言も喋れなかったオヤジのことを思うとこれで解散というのは忍びない気がして了承した。しかしいまはその判断を若干悔やんでいる。

布団の件は、あれで納得しているはずがなかった。酔わせてなし崩しに襲うつもりかもしれない。わざわざ言いにきたのは宣戦布告のつもりだろうか。

これからどんな攻防をはじめることになるかと思うと、オヤジを捨てて帰りたい気もしてくる。

「なにやってんだろな、俺……」

ふいに渡瀬の顔が思い浮かぶ。いまごろ心配してるだろうか。橋詰に襲われでもしたら、そら見たことかと怒られるだろうか。

橋詰に抱かれるつもりはない。たとえ酔っても、絶対に流されて身体を許すことはありえない。だが、無理やり押し倒されでもしたら。抵抗し切れなかったらどう言い訳したらいいだろう。

渡瀬にばれたら、お仕置きなんてものをされてしまうんだろうか。

もし抵抗できて未遂だったとしても、襲われたことがばれたら、やっぱりお仕置きの刑か。

「……お仕置きぐらいで済めばいいけどな」

そう——お仕置きぐらい、されてもいい。また以前のような仲に戻れるのなら、多少焦《じ》らされて泣かされることぐらい、耐えられる。しかし見限られでもしたら——。そんなことになったらどうしたらいい。橋詰と会うのをあれほど怒っていたのだ。ありえないことでもないかもしれない。

「早く仲直りしなきゃなあ……」

鬱々《うつうつ》としながら浴室から出て身体を拭く。室内は空調が効いていたが、すぐにシャツを着ると汗ばみそうな気がした。とはいえ裸で橋詰の前をうろついたりしたら、襲ってくれと言うようなものだろう。寝間着に借りたハーフパンツをはき、Tシャツを着て廊下へ出た。

居間へ行くと、すでに酒の匂《にお》いがしていた。テーブルにはワインボトルと飲みかけのグラスがふたつ置かれ、酒盛りをした形跡がある。しかし飲んだ形跡だけで、人がいない。

「ん?」

キッチンのほうに人のいる気配がし、そちらを覗くと橋詰がつまみを用意していた。

「ああ、美和。あがったか。一昨日帰ってきたばかりでたいしたものはないんだが、昼間、ちょっとしたものは準備したんだ」

生ハムやらチーズやらを盛った皿を片手に、にこやかにやってくる。

「あいつは?」

「三郎くんなら、もう寝てるぞ。酒をひと口飲んだだけで酔いつぶれたから、客間の布団に寝かせてる」

「あ」

しまった。オヤジは極端に酒に弱いのだった。酒は飲むなと言い含めておくのを忘れていた。きっとオヤジは橋詰に酒をすすめられ、なにも疑わずに素直に飲んでしまったのだろう。

「あんなに酒に弱いとは知らなかったから、驚いた」

橋詰は上機嫌だ。美和を落とすための邪魔者が超特急で片づいたためだろう。

「そんなわけで客用の布団は彼のものになったぞ」

美和は声にならないうめきを漏らした。オヤジがいれば、橋詰もすぐに行動を起こすことはないだろうと思っていたのに当てがはずれた。

「どうした。立ってないでそこにすわるといい」

「ああ……」

「そんなに警戒するなよ。いくらなんでも、いきなり手を出したりしないさ。久しぶりにじっくり話がしたいだけだ。昔、寮にいた頃みたいにさ」

橋詰は布団の話をして色事を意識させたかと思えば、警戒をとかせるように昔の話を持ちだしてみたりと、美和の心に揺さぶりをかけてくる。

「酒を飲むだけなのにそんなに難しい顔をされると、意識されてるようで、その気になってきそうなんだが」

「……」

「冗談だって。ほら、こっちこいよ」

からかうように言われ、相手の術中に嵌《は》まっていると自覚しながらもソファに腰かけた。

冗談なんて言葉を信じるほど美和もばかではないが、ここで誘いを断って寝るほうが身の危険を感じた。

　橋詰を先に酔いつぶすか、その気をなくさせるかしかない。

「これ、知人のイタリア人も絶賛のプロシュートなんだ。食べてみてくれ」

　となりにすわった橋詰が、手にしていた皿から生ハムを一切れ指でつまみあげる。

「フォークとかねえの」

「べつにいいだろ。ほら、口開けて」

　色っぽい目つきで、つまんだ生ハムを口の前に差しだされた。言うとおりに口を開きでもしたら、指まで舐《な》めさせられそうだ。

　睨みながら自分で生ハムをつまんで食べると、橋詰も手にしていたそれを自分の口へ運んだ。美和の瞳を見つめたまま、指を舐めてみせる仕草が卑猥《ひわい》だ。

「おまえな……そういうのはやめろ。自分で食べるからいい」

　橋詰は指を唇から離すと、皿をテーブルへ置いた。それから瞳がゆっくりと下へさがり、美和の胸元の辺りをさまよう。

「風呂あがりのおまえって、そそられるな……Tシャツが肌にしっとり張りついて、なんだかやらしい」

　どうやらTシャツを着たのは逆効果だったようで、橋詰の視線に熱が増している。

「だからさ橋詰。色気出すの、やめろよ」

「そっちこそ。誘われてるみたいだ」

「誘ってねえって。こっちはその気ねえよ。なあ、ワインよりビールのほうがいいんだが、あるか？」

距離を置いたほうがよさそうだと警戒を強め、キッチンに行くふりをして立ちあがろうとしたら、それより早く肩に橋詰の腕をまわされて封じられた。

「美和……」

「……じっくり話がしたいんじゃなかったのかよ」

「もちろんするつもりさ。今後の俺たちの話をしよう」

「おまえね。いい加減にしろよ」

「落とそうとしている相手が自宅に泊まるっていうのに、なにもしない男がどこにいる」

オヤジのためにいてやらねばと思っていたが、これ以上は耐えられない。オヤジを置いて帰ろう。そう決断し、腕をふり払おうとしたが判断が遅かったらしい。両肩を押されてソファに押し倒された。

「おいっ？」

Tシャツを胸元まで捲《まく》られる。思いきり抵抗するが、相手は色事師橋詰である。美和よりも一枚も二枚も上手《うわて》で抵抗など赤子のようにやすやすと封じられてしまう。

「橋詰、やめろっ！」

まさかこんなにすばやく行動に移されるとは予想していなかった。これはまずい。このままやられたら、渡瀬に顔むけできなくなる。

でも、このままでは——。

「……あれ？」

美和がパニックに陥りかけたとき、のしかかる橋詰が不思議そうに首をかしげた。

「変だな……やっぱり、なんだか……色っぽいことは色っぽいが……」

ぶつぶつ言って美和の胸元を眺めている。熱っぽさは消え、冷めた表情である。

どうやら美和の裸が思っていたのとちがうらしい。

「美和って……男なんだな」

「そうだぞ」

Tシャツ越しではなく生の裸を目にして、ようやく思い込みから解き放たれたか。

「やっと目が覚めたか？　胸もないし、男の裸なんか見ても、興奮しないだろ？」

「……そう、だな」

これは助かったかもしれない。美和はいきおいづいて橋詰に言いつのった。

「だろ。勘違いなんだよ。おまえが惹かれてるのは俺じゃなくてオヤジ——じゃない、三郎なんだよ」

「三郎くん？」

「そうだ。騙《だま》されたと思って、あいつだけを見てみろ」

「なんで彼が……しかしおかしいな。三ヶ月前はたしかにおまえに……」

「それは忘れろって。あー……じつは俺、あのときはフェロモン薬みたいなもんを飲んでたんだよ。だから、おまえはそれにつられただけなんだ」

ええい、こうなったらうそも方便だっ、と美和は口からでまかせを言ってたたみ込む。

「フェロモン薬だと？　どうしてそんなものを飲んだんだ」

「篠澤に飲まされたんだよ。そのフェロモン薬の素は俺のじゃなく三郎のものだから、おまえが惹かれたのは本当は三郎なんだ」

こうして篠澤伝説が膨れあがっていくんだなあと思いつつ、濡《ぬ》れ衣を着せてしまう。

「……本当かそれ」

「だから三郎を連れてきたんだ。信じられないなら自分で確認してみればいい。あいつとふたりっきりで話してみろよ」

目が覚めてリセットされたところでオヤジを見れば、きっとオヤジに興味が湧《わ》くだろう。頼むから湧いてほしい。

橋詰が半信半疑の顔をして身を起こした。身体を解放され、美和も起きあがろうとしたそのとき、居間の扉が開く音がした。

姿を現したのはオヤジである。その顔は真っ赤で、こちらを見る目が据わっていた。酔いが醒《さ》めて起きてきたわけではなさそうだ。

「は〜し〜づ〜めぇ〜っ！」

オヤジは突然奇声をあげて走りだし、橋詰めがけて飛びついた。

「うわっ」

オヤジにのしかかられて橋詰がソファに倒れる。オヤジは相当酔っているようで、犬のように橋詰の胸に頬をこすりつけてじゃれている。

美和は巻き込まれないようにすばやくソファから離れた。

「ちょ、三郎くん……美和っ」

焦る橋詰と、その身体に抱きついているオヤジの姿を見た美和は、とっさの直感で小走りに客室へむかい、自分の鞄をとってきた。

「橋詰。俺、泊まらずに帰るわ」

「えっ」

「俺がいないほうがいい気がしてきた」

なんとなく、ふたりきりにさせたほうがうまくいきそうな気がした。それだけでなく、万が一また橋詰の気が変わって、自分にちょっかいを出してきたら面倒だ。いまのうちに逃げておくのが賢明だろう。

出口にむかおうとすると、橋詰の慌てた声がかかった。

「待て、三郎くんは置いていくつもりか」

「ああ。悪いが、ひと晩泊めてやってくれ。そいつ、おまえのことが好きなんだとさ。だから話し相手でもしてくれると、俺も嬉しいんだが」

「え……この子とは、初対面だよな」

「詳しくは本人に聞いてくれ。そいつの酔いが醒めて正気に戻ったら、ふたりで話してみろ。もしなんか問題があったら連絡してくれ」

「ちょ、おい、美和……っ」

追いかけたくても橋詰は動けず、じたばたもがいている。

「じゃあな」

美和は強引にオヤジを橋詰に押しつけ、逃げるように、というか——逃げた。

もしオヤジが橋詰の趣味じゃなかったら、橋詰は友人でもなければ興味もない男をひと晩預かることになる。ふたりがいい雰囲気になってから席をはずすというならともかく、なんの進展も見ないうちに放り投げてしまった。友人として無責任なことをしたなあと美和は自宅に着いてからちょっぴり反省した。ただ、橋詰が美和に強引なまねをしなければ自分も逃げだしたりしなかったので、お互い様である。

四

翌日、状況を尋ねるために電話しようとしたところ、橋詰のほうから電話がかかってきた。

『――すこし、話していいか』

「あー、おう」

『昨日は、その……おまえの言ったとおり、おまえへの気持ちは誤解だったようだ。なんというか、すまなかった』

こちらの様子を窺《うかが》うような声である。黙って聞いていると、言い訳が続いた。

『あれだけ口説《くど》いたり強引にいろいろしておきながら、こういうのはどうかと自分でも思うんだが、笑って忘れてくれないだろうか』

美和への気持ちは完全に勘違いだったと気づけたようだ。美和はほっとして、笑って答えてやった。

「昨夜《ゆうべ》のおまえは酔ってたしな。いまはちゃんと、目が覚めたようだな」

『ああ。もうあんなことはない』

橋詰がきっぱりと答えた。本当に、心の整理がついたようだった。

「んで、オヤジ――、三郎は、どうしてる」

『あれからまもなく酔いが醒めた。それでおまえがすすめたとおり、ひと晩話してみた』

「どうだった」

『そうだな……彼を紹介してもらえて、よかったような気がしている』

かすかに笑いを含んだようなもの言いは、橋詰の浮かれた気持ちを伝えてきた。

これはもしかして。

『ちょっと待て、三郎くんからも話があるそうなんだ』

電話を代わる気配があり、すぐにオヤジの声が聞こえてきた。

『美和か』

「おお。どうした」

オヤジは内緒話をするように声をひそめて言った。

『橋詰とな……う、うまくいったのやもしれぬ』

「本当かよ」

『うむ』

驚きの急展開である。

橋詰はオヤジに興味を示さず、オヤジのほうは緊張しすぎてろくに喋れなかったのだ。いくらなんでもこれほどのすばやさでくっつくとは思っていなかった。

しかし橋詰の手の早さは身をもって知っている。美和への気持ちから目が覚め、オヤジに目がいったとしたら、色事師と淫魔のこと、ひと晩でそうなるのも当然か。

「魔法も使わずにか？」

『そうなのじゃ。じゃから、助言をくれたおぬしに礼を言おうと思うての』

電話を代わった早さからして、ふたりはすぐそばにいるのだろう。オヤジはこそこそ話しているつもりのようだが、たぶん橋詰にも聞こえていそうな気がした。その橋詰が黙って聞いているということは、オヤジの言うことがひとりよがりではないということだ。

オヤジの声には隠し切れない喜びと照れが滲《にじ》んでいて、美和は口元を綻《ほころ》ばせた。

「よかったな。妖精だってことは打ち明けたのか」

『言った。じゃが、よく伝わっておらぬ気がする』

「はは。そりゃそうだ。まあ、おいおいわかってくるかもな」

思いのほかとんとん拍子に話が進んで、ひと安心である。詳細は知らないが、それは美和には関係ないことで聞く気もない。あとはふたりでいいようにやってくれというものだ。

じゃあなーうまくやれよーとほがらかに電話を切った。


翌、月曜日。研究所である。

「御頭。渡瀬くんがどうかしました?」

渡瀬の様子をちらちら窺っていたら、山崎に気づかれてしまった。

「え、なんで」

「さっきから、渡瀬くんばかり見てますよね」

「そうか? 気のせいだろ」

「そうっすか……?」

首をかしげる山崎に、美和は内心の動揺を隠して頷き、さりげなさを装って手を洗う。

「あー、俺、そろそろ会議に行かなきゃ。んじゃ、あとよろしくな」

ろこつに見ていたつもりはなかったのだが、ばれるものである。職場では気をつけねばと思っていたのに、いかんなあと気を引きしめて会議室へむかった。

渡瀬と話がしたかった。いつまでもこのままではいけないと思う。しかし未遂とはいえ橋詰に襲われたことが念頭にあったため、橋詰との再会について問われたらシラを切る自信がなくて、声をかけられない。

そうこうしているうちにときが経ち、会議から戻って作業に熱中しているうちに終業時刻を過ぎていて、気づいたら渡瀬は先に帰っていた。

「ばかか、俺」

己を罵《ののし》りながら、重い足どりで美和も退社した。家で飲みたい気分だったので途中でスーパーに寄り、夕食を買って帰路につく。

買ってきた弁当をテーブルに広げ、はあ、とため息をついてきゅうりの浅漬けを食べようと口を開いたとき。

『み、わ』

背後から肩をつつかれた。

反射的にふり返ると、そこには体長十センチにも満たない小人がいた。

ひげ面で小汚いオヤジ顔に赤腹巻姿。醜いのにどことなく愛嬌《あいきょう》のあるそれは、とても見覚えがある。どこからどう見ても、見まちがえようのない奇妙な姿。

青年の姿ではない。弱体化して縮んだオヤジ妖精だ。

美和は目を疑った。

「……は……？　なんで……？」

オヤジは橋詰といるはずだった。青年の姿で、いま頃仲良くやっているんだろうと思っていた。昨日の電話からは幸せそうな雰囲気が伝わってきて、疑う余地などなかった。

それなのに、これはいったいなんだ。幻覚か？ それとも三郎じゃなくて二郎なのか？

しかしこの顔と声は見知ったオヤジのもので……。

「……うん。幻覚だな」

きっとそうだ。そうにちがいない。

見なかったことにしようと心に決め、美和は顔を戻してきゅうりを口に入れた。ぽりぽりと嚙み砕いて平常心を保とうとしていると、幻覚がすいっとまわり込んで目の前にやってくる。

『これ、美和。無視するでない』

幻覚が喋る。

「……」

美和は手にしていた箸の先を開き、幻覚の胴体をはさんでみた。

『ほげっ』

はさめた。

『な、なにをするのじゃっ』

どうやら幻覚ではないらしい……。

　ということは……本物……？

「オヤジ……。どうして……」

目にしてはいけないものを見ている気分だ。いったいどういうことかと頭が混乱し、手から箸がぽろりと落ちる。

　オヤジが宙に浮いたまま、両手を胸の前で握りしめた。

『憑いちゃった。てへ』

　上目遣いの可愛ぶったポーズも二度目となれば慣れたものだ。

対する美和はといえば、三ヶ月前のはた迷惑な思い出が脳内で再生され、おぞましさに血の気が失《う》せた。

「憑いたって……憑いたって……」

　頭から引いた血がひとめぐりして、今度は逆流した気がする。事態を把握した美和は逆上して立ちあがった。その拍子に椅子《いす》がひっくり返るがかまってられない。宙に浮くオヤジの身体をむんずと鷲《わし》づかみにして、がなりたてる。

「どういうことだよっ！　あんた、なんでその姿なんだよっ。橋詰とうまくいったんじゃねえのかよっ」

　うまくいったと嬉しそうな報告を受けたのはつい昨日のことである。これでオヤジに取り憑かれて悩まされることもなくなるのだと安堵した昨日の今日で、どうしてこんな事態になっているのか。

『ぐ、ぐるじい……美和、説明するで、離せ……』

握りつぶすわけにもいかないので力を緩めてやると、オヤジがムホムホと咳《せ》き込んだ。咳《せき》が治まると、美和の手に肘《ひじ》をついて話しだす。

『うまくいったというのは、仲良くなれたということじゃ。まだ恋仲になれたわけではない。じゃから、性交はしとらんのじゃ』

オヤジの薄く軽い髪の毛が風のない室内でそよとそよぐ。

『誘ってもおらん。気持ちが通じてからしたいからのう』

「それで、橋詰を誘わずに女としたのか」

『いや。しとらん。橋詰と恋人になるまでは誰とも性交しないことに決めたのじゃ』

「ああ？」

『美和も渡瀬としかしないと言ったじゃろ。わしもこれからは、橋詰としかしないんじゃ。それが恋というものなんじゃろ』

オヤジは胸を張って、誇らしげに決意を語る。

「女やオカマとしてないのに縮んだのか」

『しばらく誰とも性交しとらんかったからのう』

精気を補充していなかったから、女やオカマとしたわけでなくとも弱体化したということらしい。

『橋詰のことを考えていたから、ここに来る前からしばらく、する気になれなくてのう。力が弱まっていることは感じておったんじゃが』

「弱まってるって自覚してたなら、どうして対策しねえんだよ」

『これが対策じゃ』

これ、というのは美和に憑いたことであろう。美和のこめかみに血管が浮き出る。

『おぬしには苦労をかけるが、渡瀬がいるから問題なかろう』

「……おい」

『精気を補充せずにいるのは、なかなか辛《つら》かったんじゃぞ。じゃが、おぬしを見習ったのじゃ。もう誰ともしないと決めたんじゃ。わしの恋心は本物なのだと証明するのじゃっ』

恋心を貫くために禁欲したらしい。その心意気は評価したいが、がんばる方向が激しくずれている。淫魔が禁欲するのと人間が禁欲するのとではわけがちがうではないか。

「アホかっ！　あんた、これからひと月近く、またその姿なんだぞっ！　橋詰がその姿のあんたに惚れると思うかっ？　惚れたとしてもその姿じゃセックスできないし、ひと月後には橋詰はイギリスに戻るし、あんたのことなんか忘れるぞっ！　どーすんだよ！」

美和に指摘されてはじめて問題に気づいたらしく、オヤジの得意そうな顔が固まった。

『そ、そうか……どうしよう美和』

おろおろと尋ねられても、美和にはどうすることもできない。

「どうしようもこうしようも、いちど憑いたら満タンになるまで離れられねえんだろ。日本からも出られないんじゃ、しゃーない。アタックは来年だ来年」

半べそでうろたえるオヤジの姿を見てすこし溜飲《りゅういん》をさげた美和は、オヤジを放りだすようにして解放し、ガシガシと髪をかきむしった。

「それで、弱体化ってどの程度なんだ。他人にもその姿が見えるのか」

『そのはずじゃ。縮んですぐに取り憑いたでの』

「てことは、もしかして、またところかまわず欲情したり、妙なフェロモン発散させたりするのかよ」

『わからんが、そうかもしれんの』

「なんてこった……っ」

怒りを抑え切れず、あおおんと犬のように遠吠《とおぼ》えでもしたい気分だ。

どうせなら完全に弱体化してしまえばいいものを、よりによってまた他人にも姿が見える程度の中途半端な状態だというから始末が悪い。憑かれる身にもなってほしい。

「くっそ……アホ淫魔がっ」

あとふた言三言罵りたい気分に駆られたが、アホなオヤジを怒るよりも、問題解決に目をむけたほうが建設的だ。美和は苦り切った顔をして電話へ手を伸ばした。

こんなとき、頼れるのはひとりきりしか思い浮かばない。渡瀬の番号が登録された短縮ボタンに指先がふれる。

だが、押すのを躊躇《ちゅうちょ》してしまう。渡瀬との仲は依然としてわだかまりのあるままなのだ。そちらが解決していないのに、用事ができたからといって連絡するのもどうかと思った。よけい関係がこじれることもありうる。

「ああ、もう……」

悩んでいてもしかたがなかった。今夜のうちに抱いてもらわないと、きっと明日、職場で発情してしまう。体力もまたたくまに落ちていくだろう。事情を話して協力してもらうよりない。

覚悟を決めてボタンを押し、まもなく電話に出た渡瀬に名を告げる。

「美和だが」

こちらの緊張が伝わったのか、はい、と短く返事をする渡瀬の声にはかまえるような硬さがあった。

「その……いま、時間はあるか」

『はい』

「いまからおまえんちに行ってもいいか」

『……いまからですか』

「だめか」

『なにか……話、ですか』

このところの不和についての話だと渡瀬は察しをつけたのかもしれない。美和はそうじゃないんだと首をふる。

「じつは、オヤジに取り憑かれたんだ。それで、おまえの協力を頼みたいんだが」

受話器のむこうで渡瀬が絶句した。

『……また……？』

「すまん。詳しいことは、そっちに行ってから話す」

通話を終えるなり、美和は浴室へ行ってシャワーを浴びた。新しいシャツに着替え、鞄をつかむ。

「オヤジ、行くぞ」

オヤジを鞄につっこんで、美和は車で渡瀬のもとへむかった。

マンションへ着き、玄関チャイムを鳴らすと、すぐに扉が開き、Tシャツにラフなズボン姿の渡瀬に迎えられた。彼は恋人の訪問に嬉しがるわけでもなければ、迷惑そうにするでもなく、複雑な面持ちで見つめてくる。

「妖怪は」

「鞄の中にいる」

玄関に入れてもらい、室内へ通される。久しぶりに来た部屋は以前と変わらない雰囲気である。美和は腰をおろす前に鞄からオヤジを出した。

「渡瀬と話があるから、あんたはむこうに行っててくれ」

『うむ』

オヤジが素直に廊下へ行く。渡瀬はその姿を冷淡に見ると、居間の扉を閉めた。それから美和のほうへむき直り、腰に手を当てる。

「週末は橋詰さんと会ったんですよね」

その低い声には、気のせいかもしれないがすこしだけ突き放すようなニュアンスが感じられた。

「いったい、なにがあったんです」

「それがな……」

土曜日にオヤジを橋詰に紹介したことから現在に至るまでを、順を追って話した。要約すると、橋詰と両想いになれる日までオヤジが禁欲宣言したというだけなので、話は数分で終わった。もちろん橋詰に襲われかけたことは省略した。

話し終えると、渡瀬が静かに息を吐きだした。だから言わんこっちゃないとでも言いたそうな顔をしている。

「呆れたか」

「ちょっとだけ」

そりゃそうだろうなあと美和も思うので、言い返す言葉もない。

「あんな化け物に関わったらろくなことがないってわかってるくせに優しくするから、つけ入られるんですよ」

「……おっしゃるとおりです。今後は、もっと用心する」

神妙に答えてうなだれた。

美和の珍しい態度に渡瀬もそれ以上小言を言う気にはならなかったようで、もういちど嘆息すると、壁時計にちらりと目をくれてから、ゆっくりと美和に歩み寄った。

「今夜は、うちに泊まりますか」

「そのつもりで来た。……そういうわけで、三日にいちどの……その、頼みたいんだが」

恥ずかしさを覚え、視線をはずして誘う。

「シャワーは」

「浴びてきた」

渡瀬が美和を促すようにベッドのほうへ足をむけ、歩きながらTシャツを脱いだ。渡瀬の美和に対する鬱屈《うっくつ》は解決していないはずだ。だがそれはひとまず脇《わき》に置き、頼みを聞き入れてくれるつもりらしい。

「悪い」

「いえ」

男らしい広い背中が現れる。肩から肩甲骨、腰へと続くラインは無駄な贅肉《ぜいにく》なく引きしまっており、雄の匂いを感じさせる。彼の裸体は見慣れているはずなのに、目にするたびに美和の胸をざわめかせる。

美和もそのあとに続いてベッドへむかった。靴下を脱いでベッドにあがり、シャツのボタンを上からはずしはじめると、となりに腰をおろした渡瀬が手伝うように手を伸ばしてくる。

「俺があなたの家に行けばよかったですね」

「なんでだ」

「俺のベッドじゃ狭いでしょう。こんなことならシーツも替えておけばよかった」

言われて、美和はシングルサイズのベッドへ目をむけた。シーツの乱れが、今朝も渡瀬がここで寝ていたことを想像させる。それはむしろ気持ちを昂《たか》ぶらせた。

「そんなの、かまわない」

シャツのボタンをすべてはずすと、渡瀬がそっと肩を抱き寄せてくる。吐息が額に吹きかかり、顔をあげたら自然と唇が重なった。

キスは軽いふれあいのあと、すぐに深いものへと移った。どちらからともなく舌を絡め、互いに舐めあう。

「ふ……ん……」

ふれあうのは先々週の土曜日以来だ。久々のキスに、身体が熱くなる。気持ちがすれ違い、じれったさがつのっていたからよけいに相手を求める欲求が強まっていて、はじめから深く激しいものになった。

　オヤジが憑いていてもいなくても、渡瀬とのキスは甘く蕩《とろ》けた気分になる。口内の敏感な粘膜を舌先で舐められ、気持ちよさにぼうっとしたところに、はだけたシャツのあいだから素肌をまさぐられて、心拍数があがった。

　渡瀬の大きな手が胸元にふれ、指先で乳首をつつく。つままれたり押しつぶされたりするうちにそこは硬く勃《た》ちあがって、渡瀬の指に抵抗する。芯《しん》を持ったそこをいじられると呼吸が乱れ、下腹部に熱が溜《た》まってくる。もっと強い刺激がほしくなってきて、脚をもじもじと動かしてしまう。

「ん……あっ」

　ふいにそこを強く刺激され、同時に舌を吸われたら、快感で腰が甘く痺《しび》れ、まだふれられてもいない中心が勃ちあがった。

「あの人に、こんなことはさせてないですよね……」

　唇を離した渡瀬が、ささやきながら耳朶《じだ》を舐める。

「……っ、あの人…って……は、橋詰?　す、するわけ、ないだろ……っ」

　こんなことはさせていないが、されそうにはなった。それを思いだし、つい、身体をぎくりとこわばらせたうえ、ぎこちない返事を返してしまったのがいけなかった。

「美和さん……？」

本気で疑っての発言ではなく軽く確認してみただけだったらしい渡瀬が、その美和の不審な態度にぴくりと反応した。

「……させたんですね……？」

まるで地の底を這《は》うような低い声が耳元で響いた。

「どこまでさせたんです……？」

「な、なにも……っ」

「正直に話してください。でないとお仕置きですよ」

見つめてくる瞳がぞっとするほど怖い。ぼうっと熱をあげていた頭が氷点下まで冷え、先ほどまでとはべつの理由から脈拍が加速する。

「美和さん」

「あっ」

乳首をぎゅっとつねられた。美和は観念して口を割った。

「……、押し倒されて……、Tシャツを捲られた……、けどっ、それだけだぞ……っ」

「やっぱり襲われたんですか」

渡瀬の表情がいっそう険しくなる。

「俺が言ったとおりじゃないですか。どこが友だちに戻ったんです？」

きつい口調で責められて、美和はうっと詰まり、しどろもどろに言い訳する。

「でもな、あいつもすぐ正気に戻ったし……ほんとに、それだけだったんだ」

「わかりました」

渡瀬の手が胸から離れ、背中へまわされて抱き寄せられる。許してもらえたのだろうかと気を緩めたとき、低い声で宣告された。

「やっぱりあなたにはお仕置きが必要ですね」

「は？」

正直に話したのに、どうしてそうなるのか。ぎょっとすると同時にシャツを手首まで引きおろされ、それで両手首をうしろ手に縛られてしまう。

「ちょ……、なんでっ、なにすんだ……っ」

「こうでもしないと、あなたは学習しないでしょう」

ベッドに押し倒され、電光石火でズボンと下着を脱がされると、先ほどまで勃っていたのに恐怖で萎《な》えかけてしまったそれを握られた。

「ここ、彼にさわらせました？」

「さわられてねえって……っ」

「本当に？　でも、この身体は見せたんですよね」

「上だけだ……っ」

「そうですか……胸を、見せて、さわらせて……それから?」

渡瀬の手がゆったりとそこを刺激する。手を動かしたまま渡瀬が上体を倒して覆いかぶさり、美和の乳首を舐めた。

「あ……んっ」

「ここも、こんなふうに舐めさせた?」

「されて……ねえよっ……」

「でも、さわらせましたよね。Tシャツを捲られて、それだけで終わるはずがない」

喋りながら舌先でそこをつつかれて、美和は喘《あえ》ぎ混じりに首をふる。さわらせてないと言っても、渡瀬は信じてくれない。

「乳首、勃たせてるところも見せましたか?」

「……っ、知るか……っ、……ぁ」

「どうしてそうやって、いつも無防備に襲われるんです」

渡瀬が乳首を嬲《なぶ》りながら非難する。その声には抑え切れない苛立ちが滲んでいて、憤懣《ふんまん》をぶつけるように乳首を強く吸われた。

「んなこと……あ、ん……っ、言われても……っ」

「……やはり、いっしょについていくべきでしたね……変な意地を張った俺がばかでした」

渡瀬が胸から顔を離し、下のほうへ視線をむけた。さすられている中心のほうは、ふたたび硬くなっている。

「ちょっといじっただけで、もうこんなになってますね。前回俺としてから、自分でいじらなかったんですか」

「……そりゃ……、っ……ぁ……」

間断なく刺激され、ふつふつと湧きだしてくる快感を制御できず、美和はちょうど頭の位置にあった枕《まくら》に頬を押しつけた。渡瀬の香りがかすかに香った気がした。それに気をとられている隙《すき》に、渡瀬が壁際の棚に片手を伸ばし、梱包《こんぽう》用の紐《ひも》を手にしていた。

そして、硬く勃ちあがったものの根元をきつく縛られてしまう。

「な、やめろばか……っ、あ、う……っ、……」

すぐさま渡瀬の口の中に含まれ、抗議は喘ぎ声に変わってしまった。茎に熱い舌が絡みつき、ぬるぬると唇から出し入れされる。巧みな口淫に身体中の血が駆けめぐり、快感が膨大していった。陰嚢《いんのう》も丁寧に舐められ、内腿《うちもも》にふるえが走る。美和はたまらずシーツを握りしめた。

「ん……あ……」

渡瀬の濡れた指が、うしろにふれる。

「うしろは、挿《い》れさせてないですね」

「あたりまえ、だ……っ」

ぬぷ、と長い指が入ってきて、中のいいところをこすられた。口淫にあわせて中からも刺激され、耐え切れない気持ちよさに四肢に力が入る。

「あ……っ、は……渡瀬……」

「名前、呼んで……」

茎から口を離した男に熱っぽくささやかれ、内股《うちまた》を舐められる。その刺激に下肢がふるえるほど感じながら、美和は喘ぐように呼んだ。

「ん……透真……あ……」

渡瀬が先走りの溢《あふ》れ出た先端をいやらしい舌使いで舐め、目を細めて美和の顔を見つめる。欲情した、熱い眼差し。

ふたたび中心を口に咥《くわ》えられたら、うしろを穿《うが》つ指が二本に増え、いっそう淫《みだ》らに抜き差しされた。前とうしろから甘い快楽が湧き起こり、身体が蕩ける。

中心に添えられていた大きな手が内腿をぐいと横に押し、脚を大きく開かせる。淫らがましい格好をさせられても、快楽に溺れた頭にはそれを意識する理性はなく、されるがままだった。

「あ、ぁ……透真……透真……っ」

エアコンの冷気など役に立たないほどに身体の芯が火照り、汗が流れる。熱が高まってどうしようもなく、美和は夢中で恋人の名を呼んだ。淫らな舌と指に導かれて高みにのぼり詰め、解放したい欲求が限界になる。しかし、根元を止められているため達《い》くことができない。熱が放出を求めて身体の中で渦を巻き、暴れだす。

美和は喘ぎながらせっぱ詰まった声を出した。

「だめ、だ……も……達かせて……っ」

だが渡瀬は容赦ない。

「だめです。お仕置き中ですよ」

うしろの指が三本に増えた。中をさらに広げられ、いいところを刺激される。

「あなたは……どうすれば懲りてくれるんでしょうね……お仕置きにおもちゃでも使えばいいかな……」

茎を舐めあげながらぼそりと呟かれた言葉に、美和は慄《おのの》いた。

「お、おもちゃって……？」

「俺の代わりに、変なものをここに挿れるんです」

「な……」

「もし、またおイタをしたときは、使いますよ」

「い、嫌だ……」

こうして縛られるのだってじゅうぶん変態的だと思うのに、妙なものを使われるなんて冗

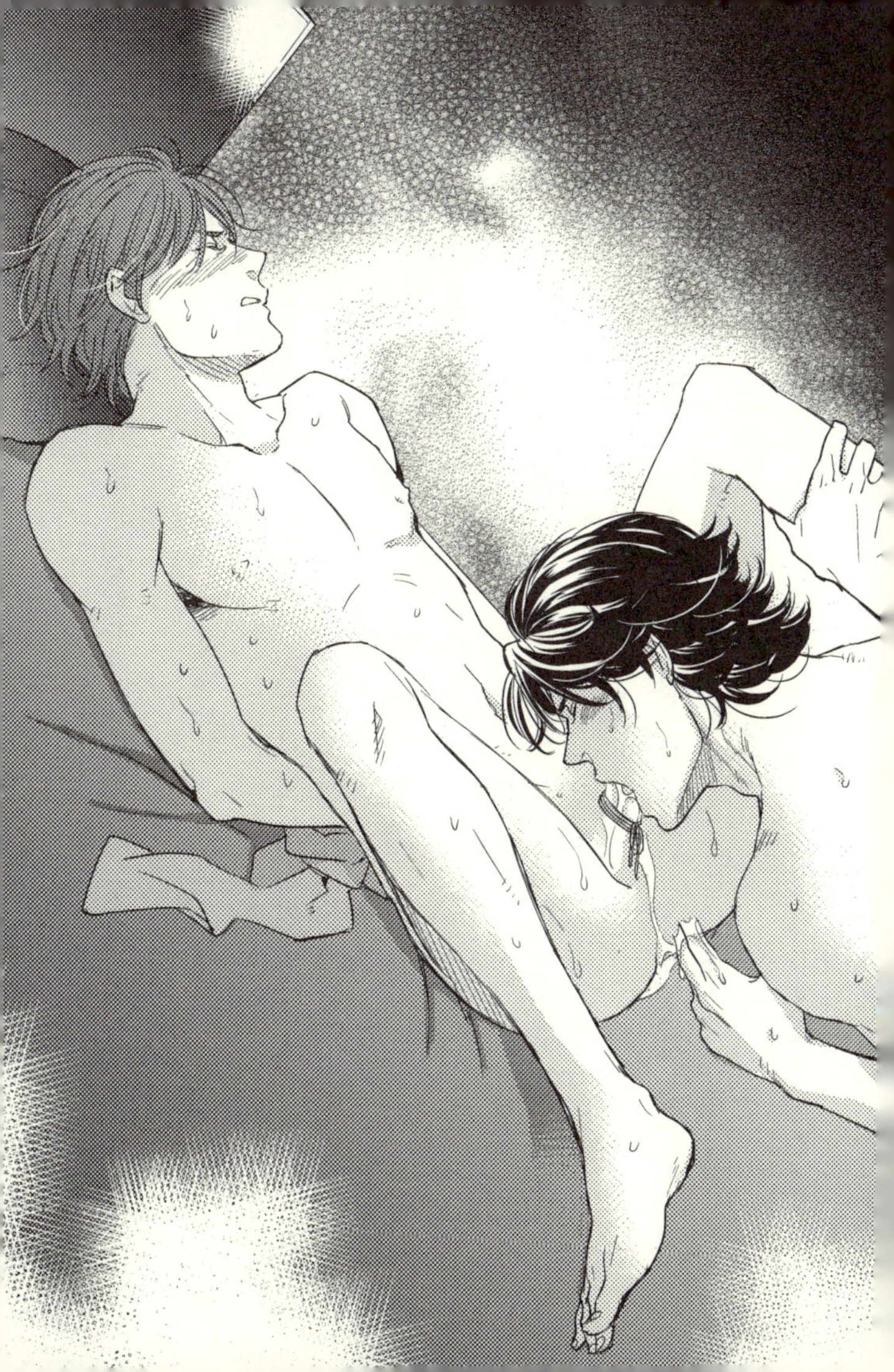

談ではない。この恋人は、脅しではなく本当にやりそうだから怖い。ぶるぶると首をふって拒んだ。

「だったら、もっと警戒すると約束してください」

「わかった、から……んっ、あ……」

「本当にわかってます？　あの人はもちろんですけど、ほかの男と会うのも、これからはひとりじゃだめですからね」

「あ、あ……わかった……も、会わない……っ」

「こんなことをする相手は、俺だけですよ」

ぬぷ、と中を抜き差しされて、快感が溢れる。

「ん……っ」

「ほかの男には、さわらせちゃだめですからね。胸を見せるのだってだめです。……あなたの身体、すごくいやらしいんですから」

「んっ……」

勝手なことを言われている気もしたが、快感と恐怖に追いたてられて混乱している美和に反論する余裕はなかった。必死になってガクガクと頷くと、渡瀬が顔をあげ、覗き込んできた。その顔はまだ満足がいっていない様子だ。

「おもちゃ使われるの、そんなに嫌なんですね……おもちゃより、俺がいい？」

ふいに奥のいいところを指でぐっと突かれ、背が仰《の》け反《ぞ》る。

「ん、あっ……、あたりまえ、だ……っ」

「橋詰さんよりも？」

「そうだ……っ、ん……っ、だから、もう……っ」

指に内部を小刻みに刺激され、快感が嫌というほど膨らむ。限界はとうに超えている。それなのに延々と快感を与えられ続け、しかもそれを解放することもできず、気持ちいいのに苦しくて身体が燻る。

橋詰宅ではお仕置きぐらい耐えられると思ったが、やっぱり無理だ。甘い拷問に耐え切れなくてまなじりに涙を浮かべて見あげると、熱っぽい顔をした渡瀬が甘くそそのかしてきた。

「俺がほしければ、ちゃんとお願いしてください。そう教えたでしょう」

「う……」

なにを求められているかは、過去のお仕置きから学んでいる。

身悶《みもだ》えしながら睨んだが、口にするまで渡瀬は許す気はなさそうだった。

「っ……、頼むから……っ」

「そうじゃないですよね。俺のを中出ししてほしいって言うんでしょう？　それが好きなんですものね」

「ちがう……、それは、オヤジのせいで」

「うそ。あれが憑いていなくても、本当は好きでしょう」

「……っ」

こんなふうに言わされるのは猛烈に恥ずかしい。しかし言わないことには拷問が続く。おかしくなりそうな快感をこらえながら、美和は顔といわず全身を真っ赤にし、羞恥《しゅうち》を忍んで声をふり絞った。

「……お……おまえの……を、中に……、……んっ……、して……っ」

「いっぱい出して、は？」

舌をふるわせながらもどうにか言ったのに、ちゃんと言えてなかったせいか、さらに要求されてしまう。

「ほら、孝博さん……言って」

中をこすられ、甘く苦しい中心を刺激される。それらと甘い声と快感に急《せ》かされ、頭がごっちゃになった美和はぎゅっと目を瞑《つぶ》って言った。

「あ、ぁ……な……中に、っ……、挿れて……、いっぱい、出して……っ。も、いいだろっ！」

叫んだ瞬間、中心をいましめていた紐をほどかれた。そしてその先端を渡瀬の口に含まれる。

「あ、もう出る、から……っ」

「……飲ませて」

淫靡《いんび》な頼みに、腰にゾクリとふるえが走る。

「あ、あっ」

中のいいところを強くこすられ、それにあわせて中心を吸われ、体内で暴れていた強い快感が凝縮し、身体中にむけて大きく広がっていく。次の瞬間、渡瀬の口の中に欲望を解き放った。

「――っ！」

甘い痺れを伴う快感に、びくびくと腰が跳ねる。気持ちよさに頭が真っ白になり、身体から力が抜けた。はあ、と満足の吐息を漏らして四肢を投げだすが、本番はこれからである。

乱れた呼吸を整えながら、渡瀬を待つ。

渡瀬は喉《のど》を鳴らして美和の欲望を飲み干し、見せつけるようにして濡れた唇を手の甲で拭いた。

「濃いの、出ましたね……おいしかったです」

恥ずかしい感想に美和の耳が赤くなる。

渡瀬は色っぽく笑むと、美和の腕を縛っていたシャツをほどいて膝立ちになり、己のズボンのウエストに手をかける。そこでふと動きを止めた。

「……」

そして眉をひそめ、なにもない空間を睨むようにしてしばし黙考したのち、ベッドから降りた。

「どうした」

「ちょっと、すみません」

ひと言だけ言い置いて、部屋から出ていってしまった。情事の最中に美和から離れることは珍しい。どうしたのだろうと耳を澄ましていると、廊下のほうで扉を開閉する音がし、どうやらトイレに入ったようだと察しがついた。

美和は解放の余韻が身体の随所に残っていて、それに身を浸していたからあまり気にしていなかった。用を足したらすぐに戻ってくるだろうと思っていた。

だが、渡瀬はなかなか戻ってこなかった。

五分は過ぎただろうか。身体の熱が冷えてきて、落ち着いてしまった。肌かけにくるまってしばらく待っていたのだが、やけに遅い。

物音ひとつせず静かで、用を足しているわけではなさそうだ。まさか倒れていないかと次第に心配になってきて、ズボンをはいて起きあがり、そちらへむかった。

廊下には芋虫《いもむし》のようにうねうねと転がってひとり遊びをしているオヤジがおり、それを跨《また》いでトイレの前に立つ。

「渡瀬？　だいじょうぶか？」

声をかけると、カチャリと扉が開き、幽霊のように青ざめた顔が見おろしてきた。

「どうしたんだ」

「それが……」

いつもまっすぐに見つめてくるはずの瞳が、なぜか泳ぎまくっている。その口は心底困ったように開いては閉じ、何事か言いにくそうにしている。

「顔色が悪いぞ。どっか、調子が悪いのか?」

「調子が悪い……というか、その……」

なにをためらっているのかさっぱり見当もつかず、続く言葉を待っていると、渡瀬が苦り切った顔をして、ちいさな声で告白した。

「……硬くならないんです……」

美和も男である。この状況で硬くならないと言われて、なにが、などと野暮なことは言わない。驚いて渡瀬の股間《こかん》へ視線をむけた。

ズボンの上から見た感じだと、たしかに変化している様子はなかった。

「…………」

美和は信じられない思いでそこを凝視した。

あの渡瀬が。

美和の顔を見れば寝室へ行く余裕もなく玄関でサカる男が。

毎日していても一回じゃもの足りないなどと言っていた男が。

いつでもどこでもなんどでもできる絶倫男が。

勃たない、だと……？

中出ししろのなんだのと、恥ずかしいことを人に散々言わせておきながら……？

「ええと……じつは、そんな気分じゃなかったか……？」

「いいえ。すごく抱きたかったし、身体も気持ちもいつもどおり興奮してたんです。だから直前まで、こんな状態だったことに気づかなかったんですが……なんで……」

渡瀬も困惑顔で己のそこを見おろす。トイレ内で自分で刺激してみたのだろう。ズボンのボタンははずれ、ファスナーもなかばまでおりていて、下着が覗いている。

「……ちょっと、さわってみてもいいか……？」

お仕置きに夢中で忘れかけていたが、オヤジに憑かれたためになにがなんでもセックスしないとまずいのである。

美和は遠慮がちに手を伸ばした。下着の中に手を差し入れ、それにじかにさわる。

ふにゃりとやわらかい感触である。

試しにそっと手を動かして刺激してみる。一分近く続けてみたのだが、変化はなかった。

ぴくりともしない。

「気持ちよくないか？」

「気持ちいいです。それなのに……」

どうして、と渡瀬が弱々しく呟く。

「疲れてるのかな」

「いえ、そんなことは。体調はいつもどおりです」

「じゃあ……まさか、オヤジ？」

奇妙なことがあったらオヤジを疑え。格言のごとく閃《ひらめ》いて背後をふり返ると、オヤジも話を聞いていたようで、心配そうにこちらの様子を窺っていた。美和と目があうと、ぷるぷると首をふる。

『わしじゃないぞよ』

「本当だろうな」

『渡瀬の精気をもらえないとわしだって困るのに、どうしてわしが細工をすると思うのじゃ。獲物から精気をもらうための魔法はあっても、反対の魔法なんぞ知らん』

「中途半端に取り憑いたから、力のコントロールができないせいとか」

『それなら前回とおなじように、男を誘うフェロモンが漏れることはあるじゃろうが、逆はのう……そんな能力はわしにはない。本来の力があれば、いろいろな魔法が使えるが、それでも考えられんの』

オヤジが首をかしげる。心当たりはなさそうだった。

オヤジではないとしたら、原因はなにか。

渡瀬はそうじゃないと否定したが、やはりその気がなかったのではないかと思う。お仕置きなんかしてノリノリっぽかったが、本心ではさほどでもなかったか。それとも橋詰の件で怒りすぎて、とか。

いずれにせよメンタルの問題と思えた。

美和が誘えばいつでもかならず応じてくれていたから、勃たないこともあるなど考えもしなかったが、男のそれはデリケートである。気が乗らなくてできない日だってあるだろう。

「突然押しかけられて、いますぐ抱けとか言われても、そう簡単にできるわきゃないよな。俺が悪い」

深刻になっては、ますます勃たないのではないかと思い、明るく気遣った。

「そういうことではなさそうな気がするんですが……」

「すこし休むか」

「……ええ」

本音を言うと、指じゃなく、渡瀬のものに貫かれて達きたかった。すぐにもらえると思っていたのに肩透かしを食らった現状のほうがお仕置きされている気分だ。

身体の奥が疼《うず》いているが、しかたがない。ひと眠りしたら復活するんじゃないかということで、寝間着に着替え、ベッドで抱きあって横になる。このときはまだ美和も渡瀬も楽観していた。今夜できなくても、最悪、朝勃ちの力を利用すればいいだろうと思っていた。色気のない話だが非常事態である。

ともかく朝になっても回復しないなんてことはないと思っていた。

しかし。朝になっても渡瀬のそれは勃起《ぼっき》しなかった。

「なんで……」

ベッドの上で胡坐《あぐら》をかく渡瀬が茫然《ぼうぜん》自失となって己の股間を見おろす。

朝だというのに部屋の空気は重く、奇妙な緊張感が漂っており、美和も不安を覚えて恋人のそこを見つめた。

オヤジに憑かれてる影響で、身体がだるくなっていた。あと二日の猶予はあるが、それまでにできるのだろうか。平常時ならば、こんなときは一週間や二週間は様子を見るところだろうが、そんな時間はない。といって急かすのは逆効果だし、滅多なことは口にできない。

「こんなのは絶対におかしいです……どうして……」

「変なもん食べたとか、そういうこともないんだよな」

「はい」

思い当たることがないということは、原因はやはり精神的なものなのだろうかと美和は思う。

このところ自分への不満が溜まっていたようだし。怒っている相手を抱く気にはなれないだろう。

あるいは、いい加減嫌気が差したか。

つきあいはじめて三ヶ月が過ぎ、恋心も冷めてきた頃なのだろうか。こんなおっさん抱く気になれないと、目が覚めたか。

毎日抱きたいと言われたときもあったが、最近は週末だけになっている。自分はそれを安定したのだと考えていたが、渡瀬は飽きていただけかも。本心では、気持ちはすでに離れているんだろうか。

考えていると、思考がどんどん悪い方向へいってしまう。

好きじゃなくなったから身体が反応しないんじゃないかと不安になってしまう。

自分だって、渡瀬に抱かれると気持ちいいし興奮するのに、橋詰に抱かれたときはまったく興奮しなかった。男の心と身体は別物だなどとよく言われるが、かならずしもそんなことはない。

自らの経験に照らしあわせれば、それ以外にないように思えてしまう。

急激に不安が膨らみはじめ、俺のことを好きじゃないのかと尋ねたくなる。わだかまりがあって抱く気になれないのなら、そちらについての話しあいをしてもいい。しかしいまそんな話を持ちだしたら、逆に渡瀬へのプレッシャーとなってしまいそうだ。

渡瀬は自身の現状にかなりショックを受けている様子で、「なんで」となんども呟いている。

「ええと……まあ、そんな日もあるよな」

美和は内心の思いは口にせず、軽い口調で接した。

「仕事がはじまっちまう。このことはしばらく忘れよう。飯食おうぜ」

渡瀬の肩をぽんと叩き、ベッドから降りる。ともかく気をとり直して出勤の支度をはじめた。

シャツは昨夜縛られたせいでしわになっていたが、かまわずに着る。どうせ職場では作業着を上に着るのだ。

普段の渡瀬ならばすぐにそれに気づいて代わりを出してくれるだろうが、彼はシモのことで頭がいっぱいで気がまわらない様子である。

着替えを済ますと、先に洗面所を使わせてもらった。そのあとに洗面台の前に立った渡瀬が鏡に映った自分の顔を見て、不思議そうな顔をした。

「あれ……」

鏡に顔を近づけ、頬に手をやっている。キッチンへむかおうとしていた美和はその声になにげなく足を止めた。

「どうした」

「……ひげが、伸びてないんです」

「ん～？」

顔を近づけてよくよく見れば、まるで剃《そ》りたてのような顔をしていた。渡瀬はひげが濃いほうではないが、朝なのにこれほどつるつるなのも奇妙だった。

「ほんとだな。成長が止まったみたいだ」

「シモといい、ひげといい、どうして……」

鏡を見つめて呟いた渡瀬が、ふいに眉間にしわを刻んだ。

「そういえば……でも、まさかな……」

「なんだ」

「いえ……昨日の午前中、食堂で篠澤さんがあやしげな行動をしていたのを思いだして……」

「篠澤？」

「ええ。たまたま食堂の前を通りかかったときに見たんです……なんだかこそこそしているようで、こんな時間になにやってるんだろうと思ったんですけど。でも、それだけです」

渡瀬が愁眉《しゅうび》を開いて軽く笑みをこぼす。

「あの人には同僚に平気で薬を盛るなんて噂があるから。俺の身体の異変に関係あったりして、と連想しちゃったんですけど、いくらなんでも考えすぎですよね」

「あやしげって、篠澤、なにしてたんだ」

「給茶機をいじっているようだったんです」

「あいつが？　そりゃ変だな」

「ええ。だから給茶機のタンクに妙な薬でも仕込んだのかな、なんて」

　昼休憩以外の時間に研究員が食堂に入ることはまずない。茶が飲みたいときは自販機か、研究棟にある給湯室で茶を淹《い》れる。渡瀬があやしいと言うのも無理はない。

　だが、と美和は腕を組んだ。

「うーん。いくらあいつが変人でもなあ。理由がないだろ」

　オヤジ妖精などの、篠澤の興味を引く要因があるならありえるが、渡瀬をターゲットにする理由が思いつかない。

「そうなんですよね。それに給茶機に細工をしたとしたら、俺だけじゃなく昨日お茶を飲んだ全員に影響が出ますし」

「俺は昨日の昼は会議室で弁当だったから、食堂のお茶は飲まなかったな……」

　美和は真顔で言い、それから渡瀬を見てにやりとした。

「職場に行ったら、みんなひげが生えないって言ってたりして」

「まさか」

「はは。いくらなんでも、な」

　ひげまで伸びないということは、渡瀬の身体になんらかの異常が出ているのかもしれないが、そこに篠澤を関わらせるのは飛躍しすぎだった。

そんな話をしているうちに時間もなくなり、オヤジを連れて慌ただしく家を出た。美和は車で渡瀬はバイクである。

研究所には渡瀬のほうが先に着いていて、あとから到着した美和がだるい身体を引きずるようにふらふらと更衣室へ入ると、室内はいつになく騒然としていた。

「――で、ひげが生えなくてさ」

「ぼくもなんです、おかしいですよね」

耳を澄ますまでもなく、あちこちからそんな会話が耳に飛び込んでくる。

美和は息を呑《の》み、近くにいた他部署の青年に声をかけた。

「……きみ、いまひげが生えないって言ったか?」

「おはようございます。ええ、そうなんです。もしかして美和室長も?」

渡瀬とおなじように、皆にもひげが生えない現象が起きているようだった。

「うそだろ……?」

篠澤への疑惑が急速に濃厚になっていく。

ほかの者にも確認しようと見まわしたところ、通路の先で立ち話をしている渡瀬の姿を見つけ、駆け寄った。

「おい。皆、ひげが生えないって言ってるが……」

「どうやら朝の話、冗談じゃなさそうですよ」

「まさか篠澤のやつ、本当にやりやがったのか？」

「まだ数人にしか聞いてませんが、いまのところ、給茶機の茶を飲んだ人には俺とおなじ症状が出ていて、飲んでいない人には出ていない――」

渡瀬はそこで言葉を止めた。美和の背後になにかを見つけたようで、急に憤然とした様子で歩きだす。

何事かと美和もふり返ると、篠澤が更衣室へ入ってきたところだった。

「篠澤さん。これはあなたの仕業じゃないですか」

渡瀬はいきなり篠澤に詰め寄った。

「おはよう。きみはいつも私に突っかかってくるね。これというのはなんのことですか」

篠澤の綺麗な顔が怪訝《けげん》そうにゆがむ。

「昨日、食堂の給茶機のお茶を飲んだ男性所員のひげが生えなくなっているんです。俺、昨日の午前中にあなたが給茶機に細工をしているところを見たんですが」

「おや。見られてましたか」

とぼけるかと思いきや、篠澤はしれっと肯定した。

「こんなに早くばれるとは思っていませんでしたね」

「まじかよ」

美和も詰め寄るようにして渡瀬のとなりに立った。

「なにしたんだよ。ホルモン剤でも混ぜたのか」

「ふふ。じつはね、給茶機に勃起抑制効果のある薬を投入してみたんです」

「勃起抑制……」

「ええ。酢酸《さくさん》リュープロレリンなどを用いた従来の性腺《せいせん》刺激ホルモン拮抗《きっこう》剤ですと性衝動も抑制されてしまいますが、私の開発したものは性欲を維持したまま、男性機能を物理的に低下させる作用があります」

篠澤が得意げに顎《あご》をあげる。

どんな目的でそんなものを作ろうと思いついてしまったのかはさておき。

「……なんでそんなもん皆に飲ませたんだ」

「まだ試験段階なんですが、治験者が集まらなかったものですから。精力剤や育毛剤のテストだと応募者が殺到するのに、逆だとさっぱりでして。このままでは報告会にまにあわないので、所員に協力してもらうしかないと実行しちゃいました」

つまりは家で美和たちが話したとおりだった。昨日の昼食時、食堂の給茶機の茶を飲んだ男性は皆、ひげが伸びず勃起しない状態のようだ。

「黙ってやるのは悪いかなって思いましたけど、勃起抑制剤だなんて先に言ったら、誰も協力してくれないですからねえ」

その場にいる男たちはそれまでシモのことは口にしていなかったのだが心当たりがあったようで、室内がいっそうざわめく。うろたえたり不安を訴える者がいる一方で、「その方法では服薬量が一定でないから正確なデータが」などと、自分も被害者にもかかわらず冷静に議論しはじめる者もすくなからずいるのは研究者の性《さが》か。

「そんなわけで皆さん、症状を教えてください。それから今夜からの性交渉などの注意事項については、あとで社内メールを送信しますので」

多くの者が混乱し、美和たちの周囲に人だかりができる。しかし、美和と渡瀬ほど蒼白《そうはく》になっている者はいない。

「渡瀬くんも飲んだのかな。ひげが伸びなくなる副作用も出るはずなんだけど、調子はどう?」

まったく悪びれるふうのない篠澤に、堪忍袋の緒が切れそうな形相で渡瀬が詰め寄る。

「あなたって人は……!」

「渡瀬」

美和はとっさに渡瀬の身体を押さえた。

「なにを怒ってるんです?　ひげ剃りする手間が省けて楽でしょう」

「篠澤さん。薬の効果はいつまで続くんです」

「抜けるまで早くてあと三日ぐらいですかねえ。四、五日も経てば元どおりになりますよ」

「四、五日っ⁉」

絶望に美和はうめいた。

渡瀬が堪忍袋の緒をぶっちぎり、袋の中身をぶちまけるいきおいで篠澤につかみかかった。

「冗談じゃない！　二日以内になんとかしないと困るんだ！」

「二日？　デートでもあるんですか」

「そんなのんきなことじゃないっ」

いまにも殴りあいの喧嘩に発展するかという状況となった。しかし喧嘩には至らなかった。なぜならショックを受けた美和がその場にぶっ倒れたからだ。

「美、室長っ！」

渡瀬のぎょっとした声が室内に響く。慌てて抱きあげたときには美和の意識はなかった。

「うわ、美和室長っ」

「御頭っ」

美和はオヤジに中途半端に憑かれた状態で、自分では気づいていなかったがフェロモンだだ漏れ状態だった。周囲にいた男たちがここぞとばかりに集まってきて、一時、収拾がつかない状況となったことを、本人は知らない。

五

美和はまもなく意識をとり戻したが、大事をとって早退することとなり、渡瀬に連れられて自宅へ戻った。

「仕事を終えたらまた来ます。つき添っていられたらいいんですが……いまの俺がいても……」

勃起しない渡瀬がいても、問題は解決しない。お互いそれは口に出さず、視線をそらした。

「あー……待ってる。無理するな」

渡瀬が研究所へ戻っていくのを玄関先で見送ると、美和は病人さながらの面持ちで寝室へ足を運んだ。

「どーすりゃいいんだ……」

オヤジといっしょにベッドに横になり、天井を睨みつける。

篠澤の言うとおりだとすると、渡瀬は四、五日勃起しない。しかし自分はあと二日のうちにセックスしないと命がない。

『渡瀬が役に立たないのなら、ほかの男を見繕ってはどうじゃ』

「それは……」

渡瀬以外の男に抱かれる。

ちらりと考えてみたが、とても行動を起こす気になれない。

「それはなあ……」

ほかの男とするという選択肢は避けたい。なので渡瀬が回復することに望みをかけるしかないのだが、ただ祈って待っていても薬の効果をなくすことはできない。なにか解決策をと考えても、これはという案が思い浮かばない。作用機序も不明な薬を飲まされたのだから、安易にＥＤ治療薬などに手を出すのも危険だ。

あれこれ悩んでいるうちに時間は刻一刻と過ぎていき、身体のだるさや性欲が強まっていく。

退社時刻を過ぎた頃、ベッドサイドに置いていた携帯が鳴った。渡瀬だろうかと思って手にとってみると、橋詰だった。

『仕事は終わったか』

「今日は調子が悪くて休んだ」

『おまえが？　それはよっぽどだな。だいじょうぶか』

なにを置いても仕事を優先する美和が仕事を休むのはよほどのことだと橋詰も認識していて、真剣に驚かれた。

『ひとりか？　面倒を見てくれる人はいるのか』

「ぼちぼち来てくれるはずだから問題ない。それよりどうしたんだ」

『ああ……調子の悪いときにこんな話をしてすまないんだが……先日の三郎くんのことなんだ』

　橋詰は美和に気遣ってちょっと言いよどんでから用件を言った。

『彼と連絡をとりたいんだが』

「あ～……」

　美和は生返事をしてとなりに転がっているオヤジへ目をむけた。

『昨夜からじっくり考えてみたんだが……どうしても、もういちど会いたいんだ』

「それをどうして俺に？」

『連絡をとりたいときはおまえに電話するように言われたんだ。おまえに言い寄った直後にこんなことを言うと、不誠実な男としか思われないだろう。だがな、三郎くんのことが気になってしかたがないんだ。……彼はいま、どこにいるか知っているか』

　オヤジがどこにいるか知っているもなにも、となりで転がっているのである。

　しかし、電話を代わってやるわけにもいかないだろう。弱体化したオヤジは姿だけでなく声も変化している。しわがれた声は、風邪を引いたなんて言い訳ではごまかせそうにない。

『会いたいんだ。どうか教えてほしい。美和のところにはいないのか』

「あー、なんつーか……居場所、知ってることは知ってるけどなあ……」

『だったら頼む。教えてくれ。仲良くなれたが、連絡先も教えてもらえないし、わからないことだらけで……また会えるのかすらわからなくて、不安なんだ』

「うーん……」

『なんだ。なにか問題でもあるのか』

美和の視線で、オヤジは自分のことを話されていると気づいたようで、はっとしたように立ちあがった。電話の相手を気にするようにそわそわとしはじめるが、口ははさんでこない。

いつものオヤジだったら「橋詰か？　代われっ」などと強引に携帯を奪いそうなものだが、そうしないところをみると、オヤジも迷いがあるのだろう。

橋詰には悪いが、いったん電話を切ったほうがよさそうだ。

「俺だけじゃなくてあいつもいまはそれどころじゃなさそうだから、悪いんだがまたあとにしてくれ」

『どういうことだ』

「すまん。落ち着いたらこっちから連絡する。またな」

受話器のむこうで「待て」と焦った声が聞こえていたが、無視して通話を切った。

オヤジが両手を握りしめて尋ねてくる。

『いまのは橋詰か』

「ああ。あんたに会いたいんだとさ」

『橋詰が？』

オヤジは一瞬表情を輝かせたが、すぐにがっかりしたように俯き、背を丸めてすわった。

『しかしこの姿ではのう……』

傍若無人の代名詞のようだったオヤジも、恋をすると乙女のように気弱になるらしい。不憫だとは思うが、いまはそれよりも己の身体の心配だ。どうしたものかと悩んでいると、渡瀬が帰ってきた。

「身体の具合はどうです」

「順調に悪化してるな」

渡瀬がベッドに腰かけ、身を起こした美和の顔色を心配そうに窺う。

「おまえのほうこそ調子はどうだ」

「……変化なしです」

「そうか……」

「でも、帰りがけに精力剤を飲んでみたんですけど……効いてきたような気もします……自信ないですが……」

「そ、そうか……」

じゃあさっそく試してみようということになり、互いに服を脱ぎはじめた。

「オヤジ。ちっとはずしてくれ」

『うむ。うまくやるのじゃぞ』

オヤジがほてほてと歩いて部屋から出ていくのを見届けてから、全裸になった渡瀬がベッドにあがってくる。

寝室は緊張と不安の入り混じった空気に満ちていて、こんな雰囲気ではたしてうまくいくのだろうかと心配になる。研究所で新たな実験にとり組むときの空気に似ている気がする。いやらしいことをする雰囲気からは程遠かった。

「ん……」

ベッドにすわってキスを交わすと、渡瀬の精気が体内に入ってきたようで、すこしだけ体力が回復するのを感じた。

長いキスを終えて視線を下へ落とすと、自分のものは欲情して兆しているのに対し、渡瀬のものは変化のないままだった。

美和はそっとそこへ手を伸ばし、指を絡ませた。それから身を伏せ、唇を寄せる。渡瀬が来たらこうしようと決めていた。ためらわずに口にそれを含み、刺激する。

「ん……」

これほどやわらかい状態でフェラしたことってなかったなあと思いながらせっせと舌と唇を動かす。いつもならば口に含む時点ですでに硬くなっているし、すこし刺激するとさらに怒張して、口に入り切らず苦しいほどになるのに、今日はまったく変化がない。

「……疲れたでしょう、もういいです」

しばらく試したのち、渡瀬に身体を起こされた。反応しないそれを見おろし、ふたり静かに息をつく。

「だが……どうする。強引に挿れてみるか……?」

「それは、ちょっと無理でしょう」

「じゃあAVでも借りてくるか」

「AVですか……」

渡瀬が眉をひそめて難しそうな顔をし、それからふと思いついたように美和の顔を正面から見つめた。

「それよりも、あなたを見ているほうが興奮すると思うんですけど」

「うん?」

「……ひとりで、してみてもらえませんか」

「え……。ひとりで……って……」

一瞬意味がわからなかったが、どうやら自慰をしろと言われているようだと気づき、美和はうろたえた。

「俺が、してるところを見るのか……?」

「はい」

「いや……そんなの見ても……無理だろ」

「無理じゃないです。すくなくとも普段だったら大興奮です。試す価値はあるはずなのでお願いします」

やけに力強く頼まれた。

「んなこと……」

動揺して顔が赤くなるのを感じる。他人に自慰を見せるだなんて、考えたこともなかった。そんなことをして渡瀬が欲情するとはとても思えない。むしろよけいやる気がなくなるのではと思うのだが、男の目は本気だ。

「お願いします」

「う……」

渡瀬の目の前で自慰するだなんてとんでもなく恥ずかしいし、いつもならば絶対に拒否するところだが、可能性があるならば試すよりない。美和は羞恥を忍んで己の中心を握った。

手を上下させて、すこし兆しかけているそれをこする。おっさんがマスをかいてるだけの姿である。こんなので本当に渡瀬は欲情するのだろうかと疑って、ちらりとそちらを窺うと、食い入るように見つめられていた。

「……もっと、脚を開いて、よく見えるようにしてください」

「……っ」

美和は恥ずかしさに唇を噛みしめ、しかし素直に従った。ベッドヘッドに背中を預け、膝を立てた脚を開いて、屹立《きつりつ》したものを晒《さら》す。

渡瀬の身体は反応していないのに、自分だけ興奮しているのが恥ずかしい。しかし性欲が亢進《こうしん》している身体はさらなる刺激を求めていて、美和は自身を慰めた。意識を集中して刺激すると、それはすぐに硬くなった。

「うしろも、いじってみてください」

「……え……」

そんなことまで、と思ったが、渡瀬の声は興奮してかすれているようで、覚悟を決める。

「おまえ……人にこんなまねさせて……絶対勃たせろよ」

恥ずかしさをごまかすように睨むと、渡瀬がまじめに頷く。

「指を舐めて……」

促されるままに自分の指を口に含む。AVのように、ここで色っぽく誘うような顔でもしてみせればいいのだろうかと思ったが、できそうになかった。渡瀬を見るのも恥ずかしい。耳まで赤くして、困った顔をして一瞬だけ目をあげるのが精いっぱいだった。

すぐに目を伏せ、なにやってんだ俺、と内心で恥ずかしく思いながら濡らした指を下へ持っていく。入り口に指を伸ばそうとしたが、この姿勢ではやりにくかった。

「……どんな格好すりゃいい」

「そうですね……横になってください」

ベッドの足元のほうにいる男の声に応じ、美和は身体を横たえた。背中側から手を伸ばし、そろりと入り口に指を入れる。

「ん……」

渡瀬に見えるようにすこしだけ脚を開き、指を抜き差ししてみせる。前をこすりながら中の粘膜も刺激すると、快感が高まり、息が乱れた。しかし自分の指ではもの足りない。渡瀬のものがほしくて、よけいに身体が疼いてしまう。昨夜もすごくほしかったのに、もらえなかった。

「は……渡瀬……」

枕に顔を埋《うず》めながら、くぐもった声で名を呼んだ。背後から、荒い呼吸が聞こえる。彼も興奮しているようだと知り、美和はおずおずと顔をあげた。

渡瀬のものは、すこしは反応しただろうか。もし反応したのならば、ここに挿れてほしい。欲情して潤んだ瞳で、無意識に誘うような表情をして男を見る。渡瀬は頬を紅潮させ、興奮した顔をしていた。しかし視線をさげてみると、彼の中心は自慰をする前と変わらず、おとなしいままだった。

「……無理か」

「すみません……すごく興奮してるんですけど……」

渡瀬が困ったように眉尻を下げる。美和は自慰を中止して身体を起こし、それを見つめた。

「どうすりゃいいんだ……」

美和は嘆息し、そこから視線をはずした。気をとり直して渡瀬に身を寄せる。

「なあ。やっぱり、お互いの身体にさわったほうがよくないか」

「そうですね……」

それから数時間におよんで試してみた。いっしょに風呂に入って身体を洗ってみたり、だめもとでAV観賞したり、いったん休憩して食事をとり、ふたたび抱きあってみるが、やっぱり勃たない。刺激しすぎて皮膚が赤くなり、快感を得るどころか痛みを誘発しそうだった。

ベッドの上でふたりして肩を落とす。

「くっそ……」

時間を追うごとに性欲は増し、体力は減退していく。そのうち気持ちに余裕もなくなってきて、まるで試合前から戦意喪失したボクサーのようにぐったりしているそれの姿を目にしていると、腹が立ってきた。

人にあんな恥ずかしいまねをさせておきながらふにゃふにゃだなんて。いつもは勘弁してくれってほどの暴れん坊なくせに、肝心なときに役に立たないだなんて……っ。

「おい、起きやがれっ。勃て、勃つんだっ。おまえは本当はこんなやつじゃないだろっ」

なかば自棄《やけ》になり、それにむかって叱咤《しった》してみる。が、もちろん反応するはずもなく、渡瀬を落ち込ませるだけだった。

「愚息ですみません……でもこれ、べつの生き物じゃないんで、叱られても……」

「言ってみただけだ……」

こんなふうにばかを言うようになるのは、限界に達した証拠だった。

これ以上は無理だ。

渡瀬も疲れているし、自分のほうも身体がだるい。熱が出てきたかもしれない。キスで多少は精気を補えたが、それだけでは足りない。性欲も抑え切れないほど高まっていて、耐えられなくなるのは時間の問題だった。

このまま渡瀬とふたりでがんばっていても、よい結果を得られそうになく、覚悟を決めねばならないようだった。

時限爆弾は秒読み段階に入っている。オヤジもろとも死にたくなければ、ほかの男と寝るしかない。できることなら避けたかったが、それ以外の選択肢はない。

助かりたければ藁《わら》でも蜘蛛《くも》の糸でも縋《すが》るよりなかった。

「しゃーない。誰かに頼むか」

美和は決断し、意思を告げた。

「頼むって、なにを……」

「抱かれてくる」

渡瀬がさっと青ざめた。

「……本気ですか」

「しかたねーだろ」

ベッドから降りようとしたら、腕をつかまれた。

「……そんなの、許しません」

蒼白な面持ちで睨まれる。

「昨日、約束したばかりじゃないですか。誰にもさわらせないって。こんなことをさせるのは俺だけだって」

「いまは非常時だ」

「非常時なら約束を反故《ほご》にしてもいいんですか」

「じゃあ、どうすんだよ。ほかに方法がねえだろ」

「だけど……っ」

火花が散りそうなほどの強さで互いの視線が絡んだ。

やがて渡瀬がきつく眉を寄せ、想いを吐きだすように声を絞りだす。

「……あなたは、俺以外の男に抱かれて平気なんですか？　俺の気持ちを考えてくれてますか？」

平気なわけがないし、渡瀬の気持ちだって考えている。だからこそ、だめっぽいと気づいていながらも残りわずかな貴重な時間を費やしてがんばったのではないか。美和はムッとして睨み返した。

「わかれよ。一回だけだ。今夜我慢して抱かれたら、次にセックスが必要な頃にはおまえも回復してるだろ」

「一回だけだなんて、簡単に言えるんですね……」

渡瀬の声がショックを受けたようにふるえた。

「あなたがほかの男に抱かれるなんて……そんなの俺は、一回だって、嫌だ」

腕をつかむ渡瀬の手に、痛いほど力がこもる。

「俺がどんなにあなたのことが好きか、あなたはわかってない。普段、あなたの身体にほかの男が指一本ふれるのだって、どんなに嫌か、どれほど我慢してるか、きっと想像できないでしょうね」

渡瀬の必死な思いは伝わる。しかしいくら感情を訴えられても、この窮状の打開策を提示してくれない限り、子供が駄々を捏《こ》ねるのといっしょだ。

美和も身体のだるさや耐え切れない性欲への苛立ちから忍耐が欠け、きつい口調になる。

「だからさ。どうしろってんだよ。嫌ならおまえが抱けよ。それができないなら文句を言うな」

渡瀬が唇を噛み、暗い瞳で苦しげに美和を睨む。

「っ……、あなたにとって、俺ってなんなんです」

澱《おり》になって底に沈んでいた感情が瞳の奥で見え隠れしている。焦り、苛立っているようなのに、とても悲しそうにも見える顔だった。

「あなたは……やっぱり俺のこと、妖怪のための道具としか見てないんじゃないですか」

ふいに目をそらし、吐き捨てるように言われた。

「なんだと」

「……一番最初に抱かれる相手を探していたとき、あなたは誰でもいいと言ってましたよね。俺とこういう関係になったのは、たまたまで、流された結果で……俺が強く言わなかったら、つきあうことにもならなかったでしょう。もし最初の相手が俺じゃなく、橋詰さんだったら……橋詰さんとつきあってたんじゃないですか」

「な……」

「つまり俺は、あなたにとってその程度の存在なんじゃないですか」

いまさらそんなことを言いだされるとは思ってもみなかった。

美和だって、渡瀬を大事に思っている。その想いは自分なりに示してきたつもりだ。オヤジに憑かれているときのセックスだって、仕事のようで申し訳なく思うが、けっして道具だなんて思ったことはない。その気持ちを渡瀬もわかってくれていると思っていたのに、まったく信用されていないことに、後頭部を殴られたような衝撃を受けた。

「おまえ……そんなこと、思ってたのか」

「俺なんかセフレに毛が生えた程度のもの。それぐらい軽い存在なら、平気でほかの男に抱かれますよね」

「……ふざけんな」

渡瀬の言い分に、美和は青ざめるほど怒りを覚えた。

そんなふうに言われたら、誤解だよ好きだよなどと優しく言う気にもなれない。

「セフレ？　だとしたらどうだって言うんだ」

頭に血がのぼり、投げつけられた言葉をもっと強く投げ返すように啖呵《たんか》を切った。

「なんなんだよ、おまえ。自分は抱けねえくせに、ほかの男にも抱かれるなとかぐずぐず言いやがって。俺に死ねって言うのかよ」

腕をつかむ手を、強くふり払う。

「俺がそんなに好きなら、根性で勃たせてみやがれっ」

そのいきおいでベッドから降りようとしたら、ふたたび腕をとられてベッドに引き倒された。

「美和さん……嫌、だ……」

上から押さえ込まれ、くちづけられる。

「う……んん……っ」

深く激しいキスで渡瀬の激情を教えられる。奥まで進入してきた舌に粘膜を刺激され、舌を絡められ、強引に官能を引きずりだされる。吐息ごと奪われるような激しさに息を乱しつつも、どうにか受けとめていると、男の手が身体中を這い、やがて秘所へふれてきた。

「ん……あっ」

指が、中に入ってくる。渡瀬の指の感触に身体が悦《よろこ》び、背筋がふるえた。抜き差しされ、いいところをこすられ、腰が甘く痺れる。美和はせがむように男の背に腕をまわした。

「……ここに、俺以外の男を……」

キスをといた渡瀬が、悔しそうにこぼす。

「そいつにも、中に、出させるんですよね……」

くそ、と呟いて、渡瀬の指が奥深くを抉《えぐ》る。美和は快感に背を仰け反らせて喘いだ。

「そんな顔、ほかの男にも……っ」

「あ、あ……っ」

「嫌だ……」

指を増やされ、粘膜を刺激され、快感が膨らむ。しかし指だけでは満足できない。もっと決定的な刺激がほしかった。

昨日からずっと指で中途半端にいじられるだけだったそこは、渡瀬をほしがってせつなくひくつく。

　相手はたったいま怒りをぶつけた相手だが、そんなことにこだわっている余裕もないほどせっぱ詰まった欲望を覚えた。込みあげる情動は渡瀬への怒りか、得られない性欲へのジレンマか、迫りくる死への不安か。激しい感情が渦を巻いていて整理がつかない。ただ、身体の中で湧き起こる熱に翻弄《ほんろう》される。

　渡瀬とつながりたい。

　そこに、渡瀬の熱を挿れてほしい。その思いで頭がいっぱいになり、つかのま怒りを忘れた。

「わ……たせっ……ん……、おまえが、ほしい……っ」

　ないものねだりとわかっているのに、欲望をこらえ切れずに口走ってしまう。言っても困らせるだけだと思って口にするのを我慢してきたが、感情を爆発させてしまったあとは歯止めが利かなくなっていて、気持ちがとめどなく溢れた。

「渡瀬……っ」

　哀願するように名を呼ぶと、渡瀬が悔しそうに瞳をゆがませた。

「孝博さん……俺の……」

　渡瀬が美和の身体のあちこちにくちづけ、所有の証《あかし》のようにキスマークをつける。

「誰にも……渡したく、ない」

硬くなった美和の中心に渡瀬の指が絡み、刺激する。うしろに挿れられた指とともに快感を高められ、美和はせつなさに目を潤ませた。

指だけで達きたくない。しかし身体は熱を帯び、高みへと追いあげられる。

「っ、く、んん……っ」

やがて頂点へのぼり詰め、美和はひとりで果てた。

荒く息を吐き、脱力する。その身体を渡瀬がきつく抱きしめてくる。

「好きだ……好きだ、好きだ……っ」

低く静かに、しかし叫ぶように想いを告げる男の激情が胸に響く。

「……渡したくないのに……っ」

胸に抱かれていて、その表情はわからない。しかし悲痛な声音にたまらなくなって、美和はそっと渡瀬の背に腕をまわした。

それからはふたりとも無言で、息が整うまでしばらくそうしていたが、静かな室内に勝手に扉が開く音がした。

目をむければ、オヤジがひもじそうな顔をしてこちらを覗いていた。

『美和』

「オヤジ。なにも言うな」

美和は上に覆いかぶさる厚みのある身体から這い出るようにして身を起こした。抱きついていた渡瀬は一瞬だけ腕に力を込めたが、美和を引きとめることはしなかった。

うつ伏せに横たわる男を残して美和はそっとベッドから降り、オヤジのいる出口へむかう。

行くしかなかった。

部屋から出る間際、ベッドのほうからぼんっと音がした。ふり返ると、渡瀬がやり切れない思いをぶつけるように、こぶしをベッドに叩きつけていた。

六

渡瀬が嫌がる気持ちはわかるし、美和だって渡瀬以外の男に抱かれるのは嫌だが、ほかに方法がない。

渡瀬もどうしようもないことはわかっているから、無理に引きとめようとはしなかったのだろう。

やるせない気分で家を出た美和はオヤジを鞄に詰めて都内に赴いていた。

「はー。しかし、どの店に行きゃいいんだろな。ショーが観《み》たいわけでもなし」

美和は新宿《しんじゆく》二丁目界隈に来ていた。相手をどうしようと考えたとき、精気が上等という橋詰の顔が思い浮かんだが、彼を誘ったりしたら多方面で誤解が深まる。のちのちのいざこざを考えると、まったく知らない相手がいいと思った。だがそういった出会いの場所など知るべくもなく、とりあえず有名な地区へやってきたわけである。

オヤジの魔法があればノンケでも引っかけることはできそうだから、わざわざここまで来なくともよかったのかもしれないが、地元ではちょっと嫌だし、その気もなかった妻子ある男をうっかり惑わしたりしたら申し訳ない。ここならばあと腐れなく、一夜限りの遊びと割り切ってくれる相手が見つかるのではないかと考えた。

二丁目という名称は有名だが所在地までは知らなかったので、調べてどうにかたどり着いたまではいいが、はたしてどの店に入ればいいものか。無数のネオンのまたたく夜の路上できょろきょろしていると、鞄の中からオヤジが頭を覗かせた。

『美和。わしに任せるがよい。そっちじゃ』

「知ってんのか」

『うむ。この辺りなら、二郎に連れられて来たことがある』

この妖精に任せてだいじょうぶだろうかと一抹の不安を覚えながらも、美和は指示に従って猥雑な路地を進んだ。

『ここはな、おかまやらおなべやら、わしらにとっては天敵ともいえる人種が多いから、気をつけるのじゃぞ』

「それはあんたに贈りたい言葉だな」

ついでに「わしら」などと同類のように言わないでほしい。

オヤジの案内で入った店は洒落《しゃれ》た雰囲気のスタンディングバーだった。控えめにＢＧＭが流れ、人のざわめきも落ち着いていてどことなく品がある。客も店主も全員が男ということ以外は、一見して特別変わったところのないバーである。

美和が足を踏み入れると、とたんに店内がしんと静まった。

店内が静まった理由など考えもせずに美和がカウンターへむかって歩きだすと、店中のすべての視線が集中豪雨のように浴びせられた。つま先から髪の先までねっとりとした視線が這う。次第に客たちがざわめきだす。スツールにすわっていた男もふらりと立ちあがる。

美和のあとにはぞろぞろと複数の男が続けて入ってきて出入り口の扉が閉まることはない。人気店なんだなあと思ったが、男たちは駅から店までの道中で美和に引き寄せられてついてきたのだった。いまのところ襲われていないので、フェロモンだだ漏れになっていることを失念している美和である。

ゲイバーなどに来たのははじめてで、どんなふうにふるまえばいいのか勝手がわからない。とりあえず酒でも注文して様子を窺おうと思い、カウンターまで来て足を止めると、あとからついてきた男のひとりが横に来て、腰に手をまわしてきた。

「なに飲む？　奢《おご》るよ」

「は？　いや——」

美和が驚いて尻込《しりご》みすると、すかさずほかの男が割り込んでくる。

「この人、あなたの連れじゃないですよね。ぼくが奢ります。いっしょに飲みましょう」

それをきっかけに、奥のほうで飲んでいた客たちもわらわらと美和のもとへ詰めかけてきた。落ち着くどころか飲み物を注文するまもなく、十人以上の男たちに周囲をとり巻かれてしまった。

どこから来たのとかこんな綺麗な人とははじめて会ったとか、口々に口説いてくる男たちは年齢も容姿も様々で、勤め帰りなのか意外とスーツ姿が多い。とまどって引き気味に対応する美和に、彼らは熱心にアピールし、頼んでもいないカクテルを手渡してきたりする。

周囲の反応に驚き、ゲイバーってこんなあからさまで肉食な感じなのかと認識しかけたが、いくらなんでも異常すぎる。自分から妙なフェロモンが勝手に出ていることにようやく気づいた。

「……ああ、そうか……」

すごいもんだと他人事《ひとごと》のように感心してしまった。

「そんなふうに見えないけど、この店に来るということは……期待していいんだよね。まちがって入ったわけじゃないよね」

若い男に尋ねられ、美和は淡々と訊き返す。

「男同士の出会いの場だと思ったんだが。まちがってるか？」

「いや、そのとおりだよ。俺とあなたもこうして出会えた。この運命の出会いに乾杯させてほしいな」

気障ったらしいセリフに身体が痒《かゆ》くなる。

恋人を探しにきたわけでもないのに、こんなやりとりを続けなきゃいけないのかと思うと

心底面倒臭かった。身体もだるい。駆け引きめいたことをせずとも、オヤジのフェロモンでどうにでもなるのだろう。誰でもいいからさっさと誘ってことを済ませたかった。

「ええと……こんなに大勢に押し寄せられても。相手はひとりでいいんだが」

「じゃあ俺が」

「いや、相性ってもんがあるんだから、順番に——」

がやがやと言いあいがはじまり、やがて提案があがった。

「収拾がつかないから、あなたが選んでよ」

好みといったら、おかまでもおなべでもなく、ナマで中出ししてくれる病気を持っていない男だ。あとの条件はなんでもいい。渡瀬じゃないなら相手は誰でもいっしょだった。

美和は手にしていた鞄の横を軽く叩き、オヤジに合図を送った。それから俯いて、小声で話しかける。

「おい、誰がいいんだ」

もし精気レベルの高い男がこの中にいたら、一回のセックスだけでオヤジも離れるかもしれない。だから精気重視でオヤジに選ばせることにした。

『誰もおなじようだのお。しいて言えば、右から二番目かの』

鞄のすきまから外を覗いていたオヤジが答える。

「ん？　なにか入れてる？　犬でも連れてきたのかい？」

「いや、なんでもない」

こそこそしているのをひとりが尋ねてきたが、美和は澄まして受け流し、ずらりと居並ぶ男たちを一瞥した。

最後にオヤジの指名した右から二番目の男に目をとめる。

二十代なかばぐらいだろうか。美容師などの接客業でもしていそうな、華やかな印象の青年だった。かなりのイケメンである。

そういえば橋詰も華やかな雰囲気の男だが――オヤジ、精気レベルで選んだのだろうか。顔の好みで選んだんじゃないかと疑いたくなったが、まあいい。

誰でもいいのだから。

「ええと……じゃあ、きみ」

「わ、俺？　やった」

指名された相手は、即座に喜色を浮かべてちいさくこぶしをあげた。そして周囲の羨望《せんぼう》の眼差しの中、さっと進み出て美和をエスコートし、人の輪からはずれた壁際のテーブルへ誘う。

「俺、ルキっていいます。あなたは」

「……孝博」

相手にあわせて名前だけを名乗ってみる。名字でなく名前での自己紹介は違和感を感じる。

もの慣れない様子の美和に青年がくすりと笑う。

「孝博さん。こういうところに来るの、はじめてですか？　あ、なにか飲みながら話しましょうか」

「それより、外に出ないか」

美和が真顔で誘うと、相手はちょっと驚いたように見返してきた。それから眼差しに色気を滲ませて微笑した。そんな表情をすると、最初の印象よりも二、三歳大人びた雰囲気になった。

「積極的ですね。俺がどっちか確認しなくていいんですか。ま、どっちもいけますけど。あなたは？」

「どっちって」

「タチかネコか」

「ああ……ええと、ネコ、か。抱かれるほう専門なんだが。だいじょうぶか」

「もちろん。よかった。俺、あなたを抱きたかった」

さらりと明るく告げられ、早々にふたりで店を出た。

道を歩きながら、美和は改めて相手を眺めた。男臭さがあまりなく、清潔そうで爽《さわ》やかな青年であり、雰囲気はちがうが、背格好が渡瀬に似ている。あまり顔を見ないようにすれば、渡瀬に抱かれているつもりで、どうにかいけるかもしれない。

「きみ、歳は」

「二十五です。孝博さんは？」

「三十八。おっさんですまない」

　青年がおかしそうに笑う。

「謝ることないでしょう。孝博さん、とびきり美形で魅力的なのに。こっちこそガキですみません。選んでもらえてめちゃくちゃ嬉しいです」

　孝博さんと呼ばれるたびに、渡瀬を思いだす。

　ふたりきりのときや抱きあっているときなど、下の名で呼ばれることが最近はすこしずつ増えていて、それが照れ臭く、また嬉しくもあった。自分のほうは、頼まれたときしか呼んでやっていないのだが。

　そう。思えば自主的に呼んでやったことはない。

　自分の名を渡瀬に呼ばれるのは照れるが、自分が彼の名を呼ぶことにはさほど抵抗がない。それなのに呼ばないのは、名前呼びに慣れてしまうと、うっかり職場で呼んでしまったときに困るよなあなんて思うからだ。自分のうかつな性格はわかっている。

「きみ、孝博さんって呼ぶの――」

　やっぱりやめてくれないか。なんとなくそう言いかけたが、思いとどまった。理由を聞かれて、恋人を思いだすからとは言えない。

「なに?」

「……いや、なんでもない」

「もしかして、さん付けじゃなくてほかの呼び方のほうがよかったとか?」

「いや、それでいい」

「そう? じゃあ俺は注文しちゃおう。俺のこと、きみじゃなくてルキって呼んでください。そのほうが嬉しいです」

「ああ……」

頷いて、そりゃそうだと思った。

名を呼ばれたほうが嬉しい。それが好きな相手ならなおさらだ。自分だって、渡瀬に名を呼ばれて照れながらも嬉しく思ったのだ。渡瀬だって名を呼んでほしいと思っているだろう。それぐらいちょっと考えればわかりそうなものなのに、呼んでやっていない自分の唐変木ぶりをいまさら自覚した。

気持ちを疑うようなことを渡瀬に言われたが、自分のそういうところが、愛されていないと相手に思わせていたかもしれないとふと思った。もし自分が名前呼びに変えたのに、渡瀬には頑なに室長などと呼ばれ続けたら、たしかにそれはちょっと寂しい気がしなくもない。

予想外なことを責められて、直後は怒りを覚えたが、冷静に考えてみると責められるだけの非はあったような気もしてきた。

自分なりに愛情を示していたつもりだったが、それはあくまでも自分なりでしかないわけだし……。

「孝博さん、それで――」

となりで青年が話しかける。彼が名を呼ぶ声は渡瀬の声よりも高めで、不快ではないが違和感を覚えた。

「あの？」

渡瀬のことを思って意識が散漫になっていたようだ。怪訝そうに覗き込まれ、我に返る。

「ああ、すまない。なんだ？」

「ここでいいですかね」

青年はこうしたことに慣れているのだろう、気がついたらホテルの前にいた。

「……ああ」

ラブホテルを利用することなどはじめての経験で、緊張してしまう。それも、たったいま会ったばかりの相手と抱きあうのだと思うと身体がこわばり、心臓の鼓動が速まった。

本当にいいのか。

にわかに迷いが生じるが、選択肢はなく、逃げだすことなどできない。

覚悟を決めて青年とともにホテルへ足を踏み入れ、部屋へ入ると、中央にある大きなベッドが目に入った。それを見ると躊躇して足が止まった。

背中に妙な汗が流れそうになる。

「あれ。もしかして、男とするの、はじめてだったり？」

青年が美和のこわばった表情を見て、からかうように言ってくる。

「それはある。こういうところに来たのははじめてだが……」

「そうなんだ。じゃあ、いっしょにシャワー浴びましょうか」

「……いや、別々がいい」

ここに来るまで、初対面の人間と抱きあうことに漠然としたイメージしか湧かず、なんとなく渡瀬と抱きあうような感覚でいた。

誰でもいいと思っていたから、具体的なことまで考えていなかった。無意識に、あまり考えないようにしていたかもしれない。だがベッドを目にしたら、とたんにこの青年とセックスする生々しいイメージが頭に浮かんでしまった。そのイメージがあまりにもリアルすぎたせいだろうか、躊躇する気持ちが格段に強まった。

どうしよう。

いますぐ逃げだしたいような気がしてきた。

性欲は苦しいほどに強まっているのに、不思議なほどにその気になれない。

「どうして？　いっしょに入りましょうよ。そのほうがきっと楽しいと思うけど」

青年がくすっと笑いながら、慣れた足どりで浴室へむかう。上機嫌な彼とは逆に、美和には楽しむ余裕など微塵もない。

「……悪いが……そういうのはちょっと苦手なんだ。先に入ってくれ」

「そうですか。じゃあ先に使いますね」

逃げたいが、抱かれないわけにはいかない。美和は暗示にかけるように、しかたないのだと自分に言い聞かせた。

だいじょうぶ。ほんのいっとき我慢すれば終わる。渡瀬に抱かれているつもりになって、目を瞑っていればいい。幸いにも背格好が似ているのだから、そのつもりになるのは簡単じゃないか。

たったいちどだけだ。犬に嚙まれたと思えばいい。いや、相手は慣れているようだし、犬に嚙まれるどころか、ものすごく気持ちよくなれるかもしれない。抱きあってみたら、驚くほど相性がいいかもしれない。

だから、だいじょうぶ。男は渡瀬しか知らないわけじゃない。橋詰にも抱かれたことがあるじゃないか。こんなことは、たいしたことじゃない。たかがセックスだ。

助かりたければ蜘蛛の糸でもなんでも縋らないと。だから。だから――。

「お先でした～」

悶々としていると青年が浴室から出てきて、入れ替わりに美和もシャワーを浴びた。

浴室の大きな鏡に映る自分の裸体になにげなく目をやると、身体のあちこち、とくに首や胸元、内腿に赤い痕《あと》が残っていた。渡瀬のつけたキスマークだ。

別れ際の、渡瀬の悔しそうな姿が思いだされる。

これは、裏切りになるのだろうか。

でもしかたがないじゃないか。

「……」

重い気分がますます重くなり、鉛のようになる。生き延びるためにはしかたがないのだと己に言い聞かせ、鏡から目を背けてバスローブをはおる。

浴室から出ると、先にベッドに横たわっていた青年が待ちかねたように身を起こした。美和が若干怯《ひる》んで立ちどまってしまうと、青年がベッドから降りてきた。

「そんなに緊張しなくてもだいじょうぶですよ。俺、変な趣味ないし」

「……そ、そうか」

「なんかほんと、可愛い人だな」

彼が見せつけるようにバスローブを脱いで床に落とし、近づいてくる。

「こっちに来て」

優しく肩を抱き寄せられ、バスローブに手をかけられる。

瞬間、相手の身体から鼻につく香りが漂ってきた。

オヤジに憑かれた影響で、男のフェロモンを感じているわけじゃない。人工的な香りだった。

「この香りは……」

美和が眉をひそめて呟くと、青年が鼻をひくつかせ、なんでもないように答える。

「ん……香水の匂いが残ってるかな」

男の顔が近づいてきた。シャワーを浴びてもなお、男の身体から挑発的な強い香りを感じる。

渡瀬は香水などつけない。こんな匂いはしない。

そう思ったらとたんにこの青年と、これからおよぶ行為に寒気を覚えた。そこまできつい香りではないはずなのに、気持ちが悪くてたまらない。拒否感で全身が鳥肌立ち、頭がガンガンしてきた。

「孝博さん……」

耳慣れない声。

知らない男。

この男にいまから抱かれるのだ。

本当に、この男に身をゆだねるつもりなのか。それでいいのか。

——よくはない。だがしかたがないことだ。目を瞑ればいい。なにも考えるな。だけど、匂いが。

渡瀬。

――渡瀬。渡瀬。

「っ……」

唇がふれる寸前、美和は相手の胸をぐいと押し退《の》けた。頭の中で恋人の名が反響し、頭が割れそうなほど苦しかったのが、青年と離れたことで静まっていく。

「……すまん。やっぱ、無理だ」

「え?」

「ごめんな。帰る」

「え? え? どうして。なんで」

「ごめん。すまない。ほんと申し訳ない」

美和は慌ただしく服を着て、鞄をつかんだ。

「ちょ、ちょっと待ってよ。なにか気に障った?」

「そうじゃないんだ。気が変わっただけ」

「そんな、ここまできて……ほんとはやっぱり男ははじめてだったとか? 心配しなくても、優しくするし、きちんとゴムも使うし」

「あ、そうそう。それ。俺、ゴムはNGなんだ」

美和を止めようとして伸びてきた青年の腕が、そこで動きを止めた。

「へ？」

呆気《あっけ》にとられている青年を置いて、一目散に出口へむかった。

『美和、どうしたのじゃ』

部屋から出る間際、鞄の中からオヤジが顔を出した。

「帰る」

『なぬ？　おぬし、この期におよんで逃げる気か』

「ああ」

『なんと。日本男児ならば観念せい——ちーと、魔法をかけるぞよ』

身体を拘束する魔法をかけようとするオヤジを、美和は慌てて制止する。

「待て。あんたな、自分が好きな相手以外とセックスしたくなくて俺に憑いておきながら、俺には好きでもない相手とのセックスを強要するのか」

責めるように訴えると、弱いところをつかれて怯んだオヤジは魔法をかけるのをやめた。そのあいだに走って部屋から脱出してしまう。

ホテルから出ても走り続けて駅へむかった。

『でも、じゃあ、どうするのじゃ。いまの男が気に入らなかったのじゃろ。ほかの相手を選び直すのか？　性交しなかったら死ぬのじゃぞ』

尋ねてくるオヤジは無視した。答えてやりたいが、美和も答えを持っていなかった。

外は小雨が降りはじめていた。雨の中、雑踏をすり抜けて帰りの電車に乗車する。終電間近の車内は都心から離れるに従って乗客が減り、閑散としてくる。美和はシートにすわってだるい身体を休ませ、窓の外を流れる光へ目をむけた。

今後の算段があって逃げだしたわけではなかった。

これからどうするか。

ぼんやりと思い、静かにため息をこぼした。

ぼーっとしていると、ふと黄緑色のちいさな蜘蛛が車窓を這っているのが目に入った。それは空調の風に乗って、糸を引いて斜め下方へおりていき、視界から消えた。

蜘蛛——。

藁だろうが蜘蛛の糸だろうが、縋れるものは縋っておこう——それは一番最初にオヤジに憑かれたときにも思ったことだった。あのときは渡瀬が垂らしてくれた糸になりふりかまわず縋った。今回もなりふりかまわず行動を起こしたのに、土壇場になって自ら希望の糸を断ち切ってしまった。

「……ばかだな……」

『蜘蛛の糸』のカンダタは、あとから登ってくる者に気をとられているうちに糸が切れた。よけいなことを考えずに一心に登っていたら極楽へ行けたかもしれないのに。

自分もよけいなことを考えずに遂行していれば助かっていたはずだったのに、渡瀬を思ってチャンスをふいにした。

渡瀬を知る前の自分だったら、たいしたことじゃないと目を瞑り、無理やり思考停止してさっきの青年に抱かれただろう。

けれどいまの自分は無理だ。どうしても無理だった。

渡瀬に身も心も渡してしまっている。

我慢することはできなかった。

そんなたいそうな貞操観念は持っていなかったはずなのに、自分はいつのまにか渡瀬によって変えられていたようだった。

しなくてはいけないことがこれほど明確にわかっているにもかかわらず、感情を優先して逃げだしたのは、自分にしては非常に珍しいことだった。そしてそのことを後悔していない自分が不思議なようで、しかし当然のような気もした。

ただひとつ後悔していることがあるとすれば、先ほどの青年へおざなりな対応をしてしまったことだろうか。

彼には本当に申し訳なかったが、もし相手が彼でなければどうだっただろう。想像してみるが、やはりほかの誰でも無理だったと思えたし、万が一にもだいじょうぶそうな相手がいたとしても、抱かれたあとのことを考えると、やめるべきだとも思えた。

もしほかの誰かに抱かれたら、自分にも渡瀬にも心にしこりが残るだろう。理由が理由だから、抱かれてもしかたがないと渡瀬も許してくれるとは思う。しかし理性ではわかっていても、心のすみにしこりが残る。今後自分を抱くときに、ためらいが生じるかもしれない、抱く気が起きなくなるかもしれない。

けっきょくオヤジ対策で、いまでも身体が目当てなのだと、セフレ感覚なのだと確信されてしまうだろう。そうしたらきっと、ふたりの心に溝ができるだろう。それがきっかけで自分のもとから渡瀬が離れることになったら。

様々な不吉な憶測が頭に浮かび、想像すると不安になった。

いまでは渡瀬のいない生活など考えられない。手放すことはできない。

それほど深いところにあの男は住みついてしまった。

「……」

美和は車窓から視線を落とし、自分の手をじっと見つめた。ガタゴトと揺れる電車が家に近づくにつれ、将来への思いが揺れる。

抱かれることはできなかった。ならば死ぬしかないのだろうか。——そもそも自分が生に執着する理由はなんだったたか。

極楽へ行けたらカンダタは幸せになれるのかといったら、それはわからない。もしかしたら極楽は地獄よりもカンダタにとって苦しい地かもしれない。

自分の場合、ほかの男に抱かれて生き延びることが極楽の地だとしたら、それは本当に幸せなことなのか。

試しに自分の命と渡瀬との将来を天秤《てんびん》にかけてみる。誰もすわらなくなった座椅子を眺めて、ひとりであの部屋ですごす自分の姿を想像してみる。

渡瀬が去ったあとの人生。以前のように研究だけに生きる人生は、ひどく色あせて見えた。

渡瀬に愛想を尽かされて、それでも生き長らえる意味は、はたしてあるのだろうか。

誰より大事な恋人に嫌な思いをさせて、泣かせて、挙句に離れてまで、生きる必要がどこにある。

「～駅です。乗り換えのお客様は――」

残りの人生の意味をとりとめもなく考えているうちに、電車が最寄り駅に到着した。その頃には、もういいや、という心境に到達していた。身体が泥のように重い。頭もぼんやりして、考えるのがおっくうだ。なんでもいいから早く楽になりたかった。

人が死を選択するとき、それは長く苦しい葛藤《かっとう》を必要とするものだと思っていたが、自分の場合は意外なほどあっさりとしたものだった。まるでスイッチを切り替えたかのように、すんなりと心が決まった。

――だって、しかたがねえんだもんな。

そのひと言で決着がついた。

「よっこらしょ」

だるい身体を引きずるようにして電車から降りる。

駅舎から出ると雨が降り続いていて、美和の肩を濡らした。その雨が苦悩の残骸を洗い流すと、ただひとつの思いだけが真実となって結晶を作る。

よけいな御託や理屈は要《い》らない。とにかく自分は、命を秤《はかり》にかけられようがなんだろうが、渡瀬以外の男に抱かれたくないのだ。

七

家に戻ると、渡瀬は居間にいた。照明もつけず真っ暗な部屋で、服を着て、床に寝転がっていた。

美和が無言で室内へ入ってもこちらを見ようともせず、うつろな瞳で天井を見つめていた。

「ただいま」

照明をつけ、濡れたTシャツを着替えると、美和はその横に腰をおろした。

「……抱かれたんですか」

低い声で問われた。

「いや」

美和は渡瀬のとなりに横になって、おなじように天井を仰いだ。

「抱かれてない」

「え……」

切れ長の瞳が驚いたように見開かれる。

「抱かれてない……って……」

「やっぱ無理だわーと思って、土壇場になって逃げちまった。俺、おまえ以外、無理」

軽く答えると、身を起こした渡瀬が上から見おろしてきた。

「なん……です、それ……」

「なにって？」

「……うそ、ですよね……？」

「うそついてどうする」

「だけど……だって……どうして」

驚愕《きょうがく》のあまり呆然として開いた男の口が、美和の表情を見るなり強く結ばれる。

「……どうするつもりなんですか」

「はは。どうしようもねえな」

諦めたら妙に気持ちがさっぱりしてしまった。軽く笑ってみせて、深刻な顔をする恋人の腕に手をかけた。

「なあ……キスしてくれないか」

いちど横になったらふたたび身体を起こすのがおっくうだった。自分から顔を寄せる力も残っておらず、甘えるように頼んだ。

渡瀬がじっと見つめてくる。

無言で見つめあっていると、オヤジが鞄の中から這い出てきて渡瀬の腕に縋りついた。

『渡瀬。美和は死ぬ気じゃぞ。なんとかしてくれっ』

渡瀬はオヤジのほうには目もくれない。だが、その訴えを聞き、衝撃を受けたようにその瞳孔《どうこう》が収縮した。

「本気ですか」

「だってしかたねーだろ」

死にたいわけじゃない。だがどうしようもないのだ。

「俺が……セフレだとか、ばかなことを言ったせいですか。あれは、本気で思ってるわけじゃなくて……っ」

「ああ、それな。それについては、おまえを不安にさせてたのかなって反省した。俺も頭にきて暴言吐いたな。悪かったな」

「あの、ですから、それは本気じゃないんで、だから」

「わかってる。抱かれずに帰ってきたのは、そのせいじゃなくて、俺の気持ちの問題なんだ」

「気持ちの問題って……なんですか」

渡瀬の手が縋るように美和の腕にふれる。

「ん？　いま言っただろ。おまえ以外の男に抱かれるのは無理だって。おまえが嫌がるからってことじゃなくて、俺自身が嫌なんだ」

渡瀬がなにか言いたそうに口を開く。しかし思いが言葉にならないようで、唇をふるわせた。

美和はそれを見て力なく微笑み、もういちどキスをねだった。

「なあ。キスしてくれって」

「……」

「なあ……透真」

自然な口調で静かに呼びかけると、渡瀬が息を呑んだ。

その瞳が苦しげにゆがみ、ふいに強い力で抱きしめられる。

「嫌だ……嫌です。孝博さん……っ」

絞りだされた声は泣くのをこらえるようにふるえ、湿っていた。

「抱かれるなとか嫌だとか……セフレだとか……ばかなことを言ってすみませんでした。誰か……橋詰さんでもいい、抱かれてください……俺、あなたを失いたくないです……」

「そう言われてもな……」

身体の力が徐々に抜けてきて、意識も朦朧《もうろう》としてきていた。

俺、死ぬのかなあとぼんやりと思う。

家族や友人やこれまでの人生が走馬灯のように次々と脳裏に浮かんでは消え、それから大学時代に死なせたウサギのことも思いだした。

あのウサギには、悪いことをしたとずっと思っていた。

でも、どうだろう。

たったいちどきりだけれど、あのウサギは死ぬ前に外を見ることができて幸せだっただろうか。

そうだったらいいと思う。

自分は、渡瀬に出会えてよかったと思う。人生でたったいちど、短いあいだだったが、本気の恋を知ることができて幸せだった。いま死ぬことになっても、恋を知らずに長生きするよりも、ずっといい。

「……俺、おまえに会えてよかった」

ぽつりと呟くと、渡瀬が泣きそうな顔をした。

「孝博さん……」

渡瀬の唇が重なる。馴染《なじ》んだ香り。やっぱりほかの男に抱かれなくてよかった。しっとりとキスを交わしていると幸福感に満たされた。渡瀬の背に腕をまわしたいが、力が入らない。かろうじて彼の腕にふれていた手も力尽きて、ことりと床に落ちた。

『み、美和！　諦めるんじゃない！　おぬしが諦めたらわしも死ぬのじゃっ。なにか方法があるはずじゃっ。これ、渡瀬！　悠長にちゅうなんぞしている場合じゃないんじゃっ』

オヤジの騒ぎ立てる声が耳障りだ。

キスで渡瀬の精気が流れ込んでくるのを感じる。ちょっと体力が戻ってきた気がする。そういえば、今日は動きまわったから体力の消耗が激しいが、オヤジに憑かれてからあと一日は残っていたのだった。これはまだ死なないようだとのんきに思っていると、渡瀬の唇が離れ、身体を抱いていた腕も離れていった。思いのほか早くキスが終わってしまったことが残念で、閉じていた目を開けたら、渡瀬が腕を伸ばし、オヤジをつかんでいた。

「妖怪」

『ぎゃ。なんじゃっ』

「助かりたかったら協力しろ」

『な、なにをしろというのじゃ』

「黙ってついてくればいい」

渡瀬はオヤジを鞄に詰め込み、決意に満ちた瞳を美和にむけた。

「出かけます。いっしょに来てください」

ぐったりした身体を渡瀬が抱きあげる。

「絶対にあなたを死なせません」

決然と宣言し、美和を抱えたまま玄関へむかう。

「車、借りますね」

「ま、待て渡瀬。自分で歩ける」

唐突な渡瀬の行動に慌てふためき、腕からおろしてもらう。だるいが、歩けないことはない。

「どこに行くんだ」

「篠澤さんのところへ。住まい、ご存じですよね。案内してもらっていいですか」

「知ってるが……」

篠澤とは月にいちど、部長をまじえて飲みに行く仲である。家に遊びに行ったことはないが、彼のマンションは知っている。

「どうするつもりだ」

「回復薬を作ってほしいと彼に頼みます」

「回復薬？　なんだそりゃ。つか、一日もないのに、無理だろ」

「早急に元に戻せるものはないのかと昼間尋ねたら、まだ完成してないと言われました。まだ、ということは、着手はしているはずです」

「でもな」

「俺は諦めません」

ほとんど抱きかかえられるようにしながら車に乗せられ、おなじ市内にある篠澤のマンションへ着くと、渡瀬はオヤジの入った鞄を持って車から出た。美和もふらりと車から出る。

「あなたは待っていてください」

「オヤジと離れられねえんだけど」

「ああ……そうでしたね」

肩を支えられながらエレベーターに乗り込み、篠澤の家へむかう。八階の彼の家の前まで来ると、渡瀬がインターホンを鳴らし、来訪を告げた。インターホン越しに篠澤の不審そうな声があがり、まもなく玄関扉が開いてパジャマ姿の篠澤が出てきた。

「こんな真夜中にいったいなんです」

零時はとうにまわっている。あまりにも非常識な時刻の来訪であるうえ、いかにも具合が悪そうに部下に寄りかかっている美和の姿に、さすがの篠澤も何事かと目を丸くした。

「美和室長まで。どうしたんです」

渡瀬が前に進み出る。

「給茶機に混ぜた薬の件なんですが。回復薬がいますぐ必要なんです」

「うん？　男性機能の低下以外に、おかしな副作用でも出たかい。まさかそれで美和室長の具合が？」

「いや。俺は飲んでねえよ」

俺はつきそいだと美和が答える。

「必要なのは俺です。副作用症状が出たわけではありません」

「そう。しかし、ならばどうして」

「事情があるだけです」

篠澤が肩をすくめる。

「きみね。それなら何日か経てば元に戻ると言っただろう。承諾を得ずに勝手なことをした私が悪いんだけど、でも、なにもこんな夜更けに治せと言いにこなくても。昼間もムキになって怒っていたね。そんなに心配せずとも自然と元どおりになるからだいじょうぶですよ。安心なさい」

「待てない事情があるんです。それをあなたに説明する時間が惜しい。なので、取引をしましょう」

渡瀬が篠澤を見据えながら鞄を開け、オヤジをとりだしてみせた。

「そ、それは……っ！」

篠澤が驚愕に息を止める。

「今日中に回復薬を作ってください。それができたら、こいつをあなたにあげます」

「ほ、本当にっ？」

渡瀬に握りしめられたオヤジが青ざめてうろたえた。

『な……渡瀬っ、おぬしっ！』

篠澤がオヤジに手を伸ばす。が、渡瀬はその手をひらりとかわす。

「薬ができて、その効果が確かめられたら、そのときに渡します。できそうにないなら、ほかの方と取引しますが」

「いやいやいや、だめだ。それは私がもらう。ちょっと待ってくれたまえっ」

身をひるがえして家の中へ駆け戻った篠澤は、二分と経たずにシャツに着替えて飛びだしてきた。

「研究所へ行こう。いますぐ調合する」

自分の車でむかうという篠澤と駐車場で別れ、車に戻ると、美和の胸にとり縋ったオヤジが半べそをかきながら渡瀬をなじった。

『渡瀬、渡瀬、おぬしというやつは……っ、わしを生贄にして、あの悪魔と契約を結ぶとはっ……』

三ヶ月前に篠澤に捕まったのがよほど怖かったのか、オヤジはぷるぷるとふるえている。実際はたいしたことをされていなかったはずなのだが、トラウマになっているらしい。

『美和、逃げるのじゃっ。渡瀬は鬼じゃっ』

「落ち着けよ。本当に渡したりしねえから。篠澤を動かすために、ああ言っただけだろ。なあ渡瀬」

美和が話をふるが、車を走らせる渡瀬は無言だ。前方を見るその目は据わっている。

『み、美和っ』

オヤジがぷるぷるしながら渡瀬を指さし、あの反応を見ろとばかりに美和へ涙目で訴える。

「……あー。まあ、だいじょうぶだから……たぶん」

研究所へ着くと、一同は合流して第二研究室へむかった。篠澤はオヤジのことで頭がいっぱいのようで、フェロモン垂れ流し状態の美和に気をとられることなく、嬉々とした様子で準備にとりかかる。

「昼間も言ったとおり、回復薬はまだ完成していないんです」

機器の電源を入れ、棚から薬品類をとりだしながら篠澤が言う。

「有効性の確認はラットではいちおうとれてますが……、投与したところ、効きすぎてしまって不眠不休で交尾するようになってしまいましたので、配合を調整しないと」

「手伝いは必要ですか」

「ひとりでだいじょうぶです。それで渡瀬くん。確認ですが、今日中に効果が現れなかった場合、あれはいただけないのですよね」

篠澤の視線が渡瀬の持つ鞄にむけられる。

「そういう約束です」

「では、がんばらないといけませんね。ところであれは、また逃げだしたりしてませんね？」

「いますよ。心配なら見張りながら作業をするといいんじゃないですか」

渡瀬が鞄からオヤジをとりだした。興奮して爛々《らんらん》と目を輝かせる篠澤の前で、オヤジはへビに睨まれたカエル状態だ。

「それは、なんと呼んだらいいのですかね。私のものになったら、私が名づけてもいいですかね……ふふふ」

「どうぞお好きなように。それよりこれの拘束具を――ああ、これでいいか」

辺りを見まわした渡瀬は作業台に置かれたガムテープを無造作に手にとり、問答無用でオヤジをぐるぐる巻きにした。

『ぬおおっ！』

そして作業台に貼《は》りつけ、オヤジを固定してしまう。

『美和あぁっ』

オヤジの助けを呼ぶ声が哀れだが、それで篠澤の作業がはかどるのならばと美和は目を瞑る。薬ができるまでは手だしされることもないのだし、オヤジには悪いが、身体がだるくてそれどころでない。

「居室で待ってるな」

第二研究室の居室は奥の別室にある。オヤジと離れるのは可能な距離だ。美和がそちらへむかうと、渡瀬も従った。

狭い居室は机と事務椅子でいっぱいで、渡瀬が椅子の座布団をかき集めて床に敷いた。

美和はそこにすわらされ、そのうしろに背もたれのように渡瀬がすわり、抱き込まれる。

「おい。篠澤がいるのに」

「内鍵をかけました。それにいまは作業に没頭しているようですから、だいじょうぶですよ。それとも横になりますか」

「……これでいい」

篠澤ならば、もし見られたとしても自分たちの関係などに興味を持たないだろうから、まあいいかと思い、背後の広い胸に身体を預けた。性欲が増していて、したくてたまらなかったが、離れているよりは寄り添っていたほうが欲求を抑えられるようだったし、こうしていたほうが精神的に落ち着いた。

壁のむこうで篠澤が作業している音が聞こえてくる。時おり、「ふふふふふ……ひひ……いひひっ」などと不気味な笑い声も聞こえてきた。

「できるのかね」

「篠澤さんの、妖怪にかける思いを信じましょう」

「できたとしてもさ、安全性の確認もとれてない薬なんか……。おまえ、ほんとに飲む気か?」

「ええ。効果さえあれば、副作用が出てもかまいません」

抱える腕に力がこもる。その揺るぎなさに心を打たれた。

「ごめんな」

美和はぽつりと謝った。一途《いちず》に自分を想ってくれる渡瀬の気持ちに申し訳なさがつのった。

「やっかい事に巻き込んでばかりで、これじゃ、いつ愛想尽かされても不思議じゃねえな」

「それは、ないです」

きっぱりとした声が返ってきた。しかし、都内へ行く前の渡瀬との喧嘩が脳裏をよぎり、安心することはできなかった。

「……そうか？」

「はい」

渡瀬はふたたび強く肯定したものの、美和の弱気に気づいたようで語調を弱めた。

「その……さっきは、あなたの気持ちを疑うようなことを言って……本当にすみませんでした。本気で疑ったわけじゃないんです。自分の身体がどうにもならないのが悔しくて。あれは八つ当たりです」

殊勝な声で謝ってくる。

あれは苛立ちがつのってのことだという言い分は、たしかにそうなのだろうとは美和も思う。しかし、多少なりともそう感じる気持ちが心のどこかにあったからこそ、あの場で口から出たのだろうとも思う。先週も、言うに言えないわだかまりが溜まっている様子だったのだし。

ここ数日の立て続けの騒動のせいで、渡瀬との気持ちのすれ違いの件がうやむやになっていた。きちんと互いの気持ちを確認しあわなければ、いつかまたおなじことをくり返してしまう。

「そうだとしてもさ。このところ、俺への不満が溜まってただろ」

「不満なんて」

「あるだろ」

渡瀬が口ごもる。

「……もっと警戒してほしいとは思ってます。だいじょうぶだなんて言って、けっきょく橋詰さんに襲われましたしね。でもそれで愛想が尽きるなんてことはないです」

「橋詰のこともそうだが、それより前にも、不満があっただろ。なにか言いたいことがあったんじゃないか」

「不満というか……」

「溜め込んでないで言っとけよ。いまなら俺も、なにを言われても素直に聞けるぞ」

美和は自分の前にまわされた渡瀬の腕に手を添えた。

「デリカシーってもんがないのは自覚してる。なんかわからんけど、俺、おまえを傷つけるようなことを言っちまったんだろ」

「そうじゃないんです」

耳元で吐息が聞こえ、なんと言ったらいいか、と迷うようなまがあいた。それから静かな声が続いた。

「あなたが悪いんじゃなくて、俺がガキっぽい嫉妬《しっと》をしただけです。ガキすぎて、ちょっと言えなかったというか。俺も……俺の気持ちの問題なんです。だからわざわざ改まってあなたに言うことでもないんです」

「嫉妬って、誰に」

渡瀬とギクシャクしだしたのは食堂でウサギの話をした日だが、あの日、嫉妬させるような出来事があっただろうか。

橋詰の話が出たのは家に帰ってからで、それより前から渡瀬の様子はおかしかったのだ。見当もつかなくて不思議に思っていると、渡瀬のばつの悪そうな声が白状した。

「山崎さんや大豆生田さんに」

「へ？　なんであのふたりなんか」

「あの人たちは、六年とか八年も昔からあなたを知っているでしょう。あなたのことを、俺よりもたくさん知っていて……」

その年月と、信頼関係に嫉妬したのだという。

美和にとっては予想外だった。

「あいつらなんか、べつに……」

たしかにつきあいが長いぶん、彼らは自分のことをよく知っているだろうが、だからといって特別な相手ではないのに。

「それから、学生時代のウサギの話も」

「あれが、なんで」

そういえばその後の夕食時に、ああいう話は自分だけにしてほしいと言われたのだったと思いだす。

「なんというか……親しい山崎さんたちにもこれまで話さなかったってことは、けっこうトラウマな話だったんじゃないかなと思ったんです。その後の進路に影響を与えた出来事だったわけですし、当時のあなたは、きっとものすごく葛藤したんじゃないかな、なんて想像したんです」

「まあ、たしかに……」

「そういうデリケートな話って、話す相手を選ぶものじゃないですか？　俺だったら、誰にでも話したりしない。心を許している相手にしか話さないです」

渡瀬が静かに吐息をつく。

「あなたは、あの場にいた皆に心を開いていたってことなんでしょうけど。でも、だから……山崎さんたちにも言わないようなことで、俺だけ特別に打ち明けてもらえることってないのかな、とか……大事なことは俺だけに話してほしいな、とか……恋人だけど、精神面ではそれほど特別ってわけでもないんだよな、とか……女々しいことを考えて、ちょっとへこんだだけなんです」

　そんなことを考えているときに橋詰の話が持ちあがったために、よけい悶々としてしまったらしい。

「元々あなたはゲイじゃないですし。なんで俺とつきあってくれてるんだろうなって考えても、妖怪の一件や俺の気持ちに流されただけなんだろうなと、マイナスなことしか思い浮かばなくて」

「……」

「嫉妬というより、独占欲ですね。こんな関係になれただけでも幸せすぎることなのに、それだけじゃ満足できなくて……あなたのすべてを独り占めするなんて、無理だとわかってるんですけど。俺があなたを想うように、あなたも俺のことを想ってくれたら、なんて」

　自嘲《じちょう》するように、渡瀬が天井を仰ぐ。

「そんなことを考えたんですけど、だったらもっと心を預けてもらえるような包容力のある男になればいいんだと解決してるんで、気にしないでください。余裕のないところを見せてしまって、みっともないですね」

「……いや」

　美和はぽりぽりと首をかいた。渡瀬の胸の内を明かしてもらえてよかったが、ではいったいどうすればいいのだろうかと少々悩む。

「えっと。なんか、悩ませちまって悪い。俺はこんな性格だからなあ……どうすりゃいいかな」

「気にしないでください。あなたはなにもしないで、ただ待っていてくれたら、それで」

渡瀬が穏やかに微笑む。

「……そうか」

解決策を求められているわけでもなく、答えはすでに彼の中にあるのだった。焦ることはないのだ。自分も彼を不安にさせないように、気づいたことは直していけばいい。ふたりでゆっくり歩んでいこうと思い、気持ちを緩めるように息をつく。

「いちおう、おまえだけに特別打ち明けてることとって、あるんだけどな。淫魔に取り憑かれたこと。なりゆきで話したと思ってるかもしれねーけど、もしおまえを身体だけの関係としか思ってなかったら、打ち明けてなかったと思うぞ。それとな」

美和はちょっとためらってから、首をうしろに傾けた。

「俺、おまえのこと、かなり特別に思ってるぞ?」

渡瀬の頬に頭をこつんと寄せた。

「でなけりゃ、いま頃誰かに抱かれてる」

「そうですね……まさか死ぬ覚悟をして戻ってくるとは思いませんでした」

目を瞑ると、身体をずらした渡瀬にキスを落とされた。

「今回のことで、俺が思っていたよりもずっと、俺のことを考えてくれていたんだとわかりました。だから俺ももう……あなたの気持ちを疑うことはないです」

もういちど落とされたキスはすぐに離れ、しっかりと抱擁される。

壁のむこうでは器具の音だけがする。オヤジの悲鳴も聞こえず、篠澤は作業に没頭しているのだろう。

しばらく会話を中断し、意識をそちらに傾けた。

「まだか……」

渡瀬が深いため息を漏らし、低く呟く。

「いざとなったら、篠澤さんに抱かれてください」

「あいつに？　おまえがここにいるのにか？」

「あるいは橋詰さんを呼ぶか」

「冗談じゃねえ、嫌だぞ。おまえがどうにかしてくれ」

渡瀬の手がそっと美和の髪を撫でる。

「そうですね……」

頭を撫でるその大きな手のひらが、好きだと思えた。たくましい腕も、広い胸板も、その奥にあるひたむきな心も、すべてが好ましく思えて、こうして包まれていると心が安らいだ。

「まだ時間がかかるでしょうから、寝ていてください」

「ん。眠くなったら寝る」

まだ眠る気はなくてそう答えたのだが、髪を撫でられる感触が心地よく、また体力が消耗していて、まぶたをおろしたとたんに美和は眠りに落ちていた。

それからどれほど眠っただろうか。篠澤の声で目が覚めた。

「渡瀬くん。寝てるかい」

ノブをまわす音がし、あれ、開かないなどと言っているのが聞こえる。

「あ……」

「目、覚めました？　ちょっと動きますね」

美和の背もたれをしていた渡瀬が立ちあがり、そちらへむかう。

扉を開けると、綺麗な笑顔を浮かべた篠澤が試験管を持って立っていた。

「できましたよ」

試験管の中には黄色の液体が入っている。

「それが……？」

「ええ。ただし、効果も副作用もじゅうぶんなデータがとれていないので、安全性は保証できません。本来なら安易に人に渡せるものではありませんので、私としては、やはり自然に回復してもらったほうがいいのですけれど」

「妙な勃起不全薬を安易に所内に撒《ま》いた張本人がよく言うぜ」

「あれは、これよりもずっと研究を重ねたものです」

美和のつっこみを軽く受け流した篠澤が試験管を渡瀬に差しだす。

「どうします。それでもこれを飲みますか」

「飲みます」

渡瀬は躊躇なく試験管を受けとった。

「おい」

だいじょうぶだろうか。美和は思わず声をかけたが、渡瀬はすぐにそれを口にし、いっきに飲み干した。

「……」

ふたりの視線を浴びて、渡瀬は神妙な顔つきをして試験管を篠澤に返す。

「だいじょうぶか」

「……いまのところは、なんとも」

「効果が現れるまで、三十分ぐらいでしょうかね」

飲んだ直後に反応が現れるはずもなく、薬の効果が確認できるまでもうしばらく時間が必要だった。

「さて。もしこれが効果がなかった場合のために、ちがう配合のものを作っておきましょうかね」

なにがなんでもオヤジを手に入れたいのだろう、用意周到なことである。篠澤はすぐに第二弾にとりかかるということで、研究室のほうへ戻っていった。

渡瀬が扉を閉め、美和のもとへ戻る。

「変な副作用とか出なけりゃいいな」

「ええ」

いつのまにか雨はあがったようだった。外はすでに朝になっていて、ブラインドのすきまから差し込む陽射しで室内はうっすらと明るかったが、今日は会社の創立記念日で研究所は休みなので、仕事を気にする必要はない。

「気分悪くなったら、すぐに言えよ」

渡瀬の体調が心配で、反応が現れるまでは気を抜けないと思った。しかし疲労感により眠気が抜けず、うつらうつらと舟を漕《こ》ぎだした。そして浅い眠りの中で夢を見た。

大勢の男に身体をさわられている夢である。

胸や内腿など、弱いところをさわられる。夢のはじめは大勢の男だったのが、いつのまにかゲイバーで会った青年ひとりだけが相手となった。今度こそ逃がさないとささやかれ、本気の顔でTシャツを捲られ、素肌に手を這わされた。

冗談ではない。自分は渡瀬以外の男とはしたくない。そう思うのに、身体は抵抗できない。オヤジの影響で性欲が増していて、快感にあらがえない。嫌だと思うのに気持ちがよかった。

孝博さん、と青年に艶《つや》っぽく名を呼ばれる。

そんなふうに呼ばれても、嫌なものは嫌なのだ。応《こた》えることはできない。流されたくない。

でも……。

——……ん？

意識は徐々に覚醒《かくせい》に近づいているのか、そのうち、これは夢だと気づいた。だが、夢にしては身体を這いまわる手の感触が妙にリアルだ。まるでズボンをはいていないように、下肢に直接外気を感じる。

孝博さん……と呼ぶ声が続いている。それはあの青年ではなく、渡瀬の声だった。

「——さん……起きて……」

ささやく声に引きあげられるように目を覚ますと、そこにいるのはあの青年ではなく、渡瀬だった。

渡瀬に、のしかかられていた。

美和の身体は横たえられて、Tシャツは胸元まで捲られ、ズボンと下着は脱がされていた。靴も履いていない。

「わ……渡瀬っ？」

中心は渡瀬の手に握られていて、ゆるゆるとしごかれている。夢の中でも気持ちがいいはずだった。

「勝手にすみません……」

興奮し切った眼差しが見おろしてくる。

「身体が、熱いんです」

はあ、と熱っぽい吐息をこぼしながら、首筋に舌を這わされた。

「我慢できなくて」

「いや、でも、おまえっ……、っ……ぁ」

うしろに指でふれられ、身をすくませる。

どこからか潤滑剤となるものを調達したようで、入り口のまわりにぬるぬるしたものを塗られた。指の腹で円を描くように丁寧に塗り込まれると、指はぬめりを帯びて中へ潜り込んでくる。

「ん……ぁ、おまえ、回復したのか……？」

「ええ」

手をとられて、渡瀬の下腹部へ導かれる。ズボンのボタンとファスナーが下げられており、下着の中に手を入れると、そこは以前のようにたくましく、硬く反り返っていた。その手ごたえに、美和の身体も熱くなる。

「でも、……こんなところで……っ……」

復活したのは喜ばしいことだが、ここは居室である。薄い壁を隔てたとなりでは篠澤が働いているはずなのに、ことにおよぶつもりなのか。

「移動してる余裕、ないです」

待てのできない大型犬そのままの様相で、乳首にむしゃぶりつかれた。舌と唇を使って吸われ、充血して勃ちあがると、舌先で嬲られる。下の入り口は二本目の指を挿入されて、中を広げるような動きをしたり、弱いところをこすられたりして、いっきに甘い快感が押し寄せた。

「あ……は……」

「いい、ですよね……」

嫌だなんて、とても言えなかった。

オヤジの影響で高まっていた性欲をずっと我慢してきたのである。ようやくほしかったものがもらえる予感はなによりも勝り、篠澤の存在を一瞬のうちに忘れさせた。

「あ、ん……っ」

ぐちゅぐちゅと音を立てて抜き差しされる。そんなことはいいからと言いたいが、準備が整わないうちにつながっても互いに辛いだけだ。早く猛《たけ》りを挿れてほしくて、そこの力を緩めることに集中した。

緩んでくると、三本目の指が挿入され、さらに広げられる。ほかの誰でもない、渡瀬にされているのだと思うと身体の奥が熱くなり、鼓動が速まった。

昨日自分の指を挿れてみせたが、それよりも渡瀬の指のほうが数倍感じる。長く骨ばった指に、やわらかな粘膜を押し広げられる、それだけで息が乱れる。指をくの字に曲げて奥の弱い部分を押されると、反対側の粘膜も関節に押され、痺れるような快感が生まれた。そのままの形でゆっくりと引かれ、入り口付近までくると、指の太さ以上に広げられた入り口がひくひくするのがわかる。その淫らな収縮は当然渡瀬にも伝わっているのだと思うと恥ずかしかったが、止められない。

身体の熱があがり、頬が上気する。全身から汗が吹き出て、気持ちのよさに声が濡れる。

「ん、ん……っ、……渡瀬……っ」

早くほしくて、胸を喘がせながらねだるように名を呼んでしまう。男の肩に縋るように手をやると、その身体は燃えるように熱く興奮していた。

中を広げる指使いも、胸を舐める舌使いも、乱暴ではないがいつも以上に急いていて、しかしこらえるように渡瀬の口から興奮し切った荒い息が吐きだされる。

「っ……、あ……もしかして……薬、効きすぎてるのか……？」

「かもしれません」

渡瀬は美和の身体しか目に入っていない様子だった。

「あ……は……」

乳首をきつく吸われ、身体の奥を指で刺激されるたびに、身体がびくびくと跳ね、下腹部に熱が滾《たぎ》る。

美和の中心も硬く反り、先走りを溢れさせていた。

「なあ……も、う……」

耐えられない。そんな気持ちで声を絞りだすと、乳首から唇が離れた。右の乳首ばかりを攻められていたから、そちらだけが赤く勃ちあがり、いやらしく濡れそぼっていて、左のほうは慎ましやかに淡い色を保っていた。それを目にした渡瀬が、律儀に左側の乳首にも唇を寄せた。

「あ……や……っ」

右側と同様に、肉厚の舌でねっとりと舐められたかと思うと、ちゅうっと吸われ、舌先で嬲られる。下には指を咥え込まされたままである。そこは先ほどよりもやわらかく蕩けていて、ゆったりとした指の抜き差しに柔軟に吸いつき、軽い刺激にも甘い快感を覚えていた。

となりに篠澤がいるというのに、高い声が出そうになる。必死に唇を噛みしめ、声をこらえて快感に耐えた。

「ん……ん……っ」

両方の乳首をたっぷりと濡らされて、ようやく指を引き抜かれる。

「うしろ、むいてください」

床は数枚の座布団が敷かれているだけである。これでこのまま抱きあうのは辛いだろうということで、四つん這いの格好をとらされた。

ひんやりとした床に手をつき、座布団の上に膝を乗せた。

着ているものはTシャツ一枚で、それも胸まで捲りあげており、下半身は素っ裸である。受け入れやすいように大きく脚を開いていて、蕩けた秘所は丸見えだった。

まさか研究所の居室で、こんな淫らな格好をして、こんな行為をすることになるとは思いもしなかった。素足の甲に感じる床の冷たさや、秘所に感じる朝の空気にいまさらながら羞恥が込みあげてくるが、身体の熱はどうしようもなく高まっていて、やめることはできない。

入り口が渡瀬を待ちわびて、ひくひくとわななく。渡瀬の視線をそこに感じる。

背後でズボンをおろす音がし、大きな手が尻にふれた。

すぐさま硬いものが入り口に押し当てられる。

渡瀬は荒い息遣いをしながら、力強く押し入ってきた。

「ん、……っ、は……」

指よりももっと太くたくましく、熱いものが身体の中に入ってくる。それでそこを広げられ、満たされることをどれほど望んでいたか。

ずっと求めていた感触に、身体の内部で快楽がいっきにはじけて爆発した。

「あ、あ——っ」

あまりの気持ちのよさに、美和は挿れられただけで達してしまった。

「……く」

渡瀬を包む内部がびくびくとふるえ、ねっとりと締めつける。その刺激を渡瀬は息を詰めてやりすごし、小刻みにふるえる美和の腰を抱え直した。そしてやわらかく締めつけてくる粘膜のさらに奥へと熱い剛直を埋没させていく。

根元まですべて収まると、茎のなかばまでゆっくりと引きだされた。それから叩きつけるようにずぶりと突き刺される。

「あっ……、っ…ん、ん…っ……」

身体をつなげるのは久しぶりである。渡瀬も余裕がないようで、はじめから激しく抜き差しされた。

うしろからいきおいよく突かれ、美和は身体を支え切れずに上体を崩した。尻だけを高く掲げた格好になると、中を穿つ猛りの角度が変わり、それまでとはまた異なる快感が身の内に広がる。

呼吸も鼓動もこれ以上速くなれないほど疾走し、熱い血が駆けめぐる。奥歯を噛みしめていても漏れてしまう喘ぎ声を、美和は両手で口を押さえて封じた。

「ん、ん……ひ、ぁ」

冷たい床に胸がこすれて痛みを感じたが、どうすることもできずにいると、それに渡瀬が気づいた。

「床……痛いですよね」

「あ……」

「こう、しましょうか」

両手首をつかまれ、うしろに腕を引っ張られた。自然と上体が反り、床から浮きあがる。そして腕をつかまれたまま抜き差しをされた。腕をうしろに引っ張られると同時に猛りをいっきに奥まで挿れられる。

渡瀬の下腹部が美和の尻を打ち、ぱん、と音が響く。

「や、あっ……、激し……ああっ」

その姿勢でなんども穿たれる。達ったばかりの身体を熱く激しく揺さぶられ、貫かれるたびにはじけるような快感が背を突き抜ける。強い刺激にめまいがし、大声を出してはいけないと思うのに喉をふるわせてしまう。

「……出ます」

渡瀬が短く宣言し、直後、動きを止めて身をふるわせた。中に収まっている太い猛りも、脈打つようにふるえる。

「……あ……」

熱い精液をいきおいよく中出しされているのを感じる。渡瀬が埋まっている最奥の辺りに

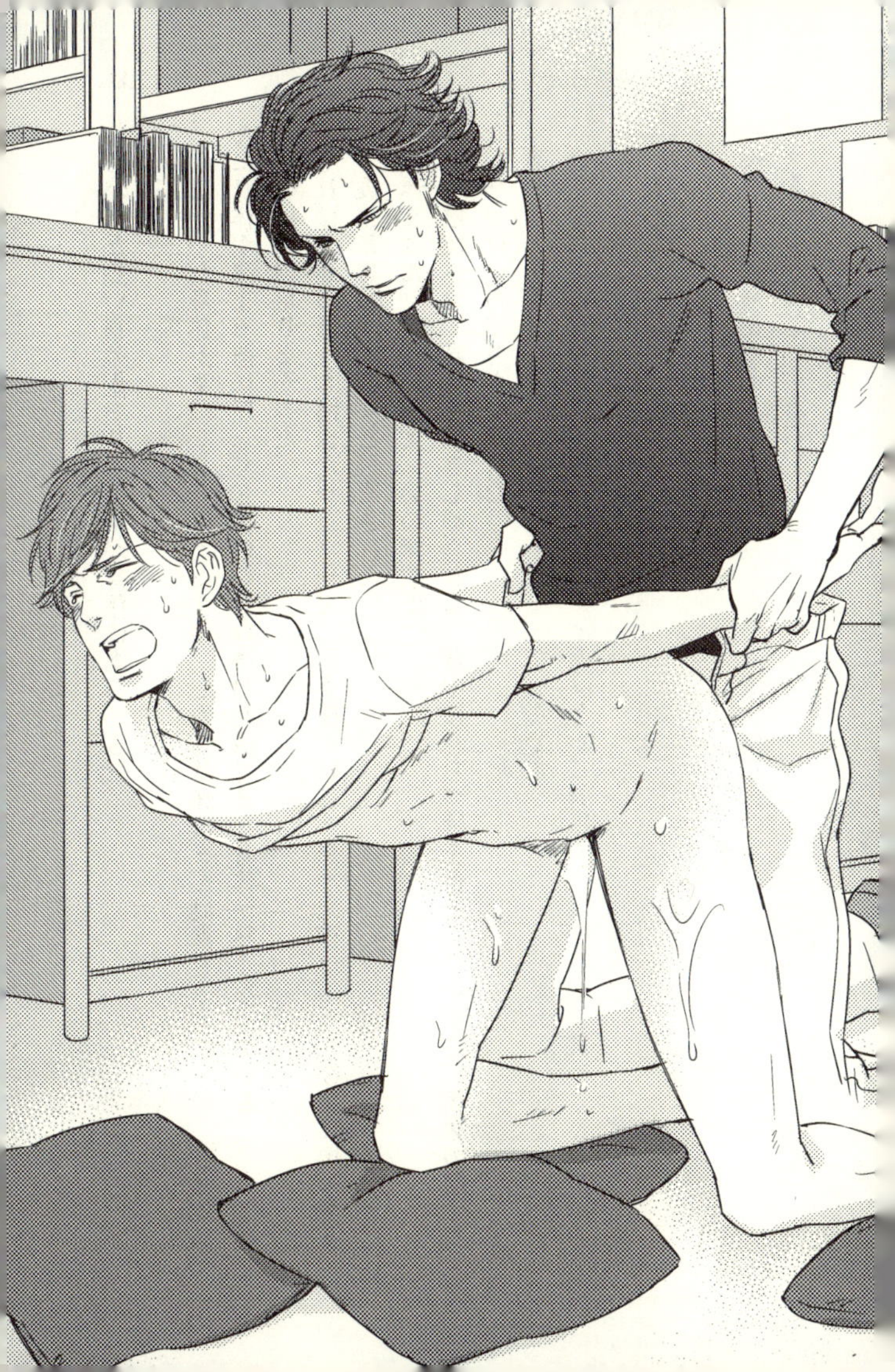

じんわりと熱い刺激があり、精気が身体に満ちてきた。

「は……」

だるかった身体が楽になり、ほっとする。しかし身体はまだ渡瀬を求めていた。じゅうぶんに身体が高まる前に達してしまい、その後の刺激でまた身体が熱くなっている。これで終わるのはもの足りなかった。

それは渡瀬のほうも同様だったようで、引き抜かれると思った楔《くさび》はふたたび奥に戻ってきて、抜き差しがゆっくりと再開された。

「すみません。もういちど、いいですか」

腕を解放され、身体を抱きしめられる。背中にくちづけを落とされながら、興奮の収まらない熱っぽい声でささやかれた。

「薬が効きすぎているみたいで……止まらないんです」

遠慮がちに言うわりに、腰の動きによどみはなく、美和のいいところを狙って突いてくる。

「あ、あ……っ、んんっ」

「すみません……っ」

「は……、いい……」

喘ぎ声をこらえるあまり、息を乱しながら美和は答えた。

「……俺も、ほしい、から……、んっ……」

するとつながったまま身体を引き起こされた。

「あっ？」

床に腰をおろした渡瀬の上に乗せられ、脚を大きく左右に広げさせられる。その膝裏を持たれて、身体を揺すられた。

「んっ、あ、ぁ……んっ」

先ほど中出しされたが、いったいどれほど多量に注がれたのか、下から突きあげられるたびに、つながった場所からぐちゅんと派手な水音が溢れた。溢れ出てきた体液で結合部は蕩け、尻の辺りまで濡れそぼっている。

そんな卑猥な音までもふたりの興奮を高め、やがてそれ以上に濃厚な悦楽によって気にならなくなる。どうしようもないほど気持ちがよくて、血が滾る。深い抜き差しに身体が痺れ、ふたたび美和の中心も熱が溜まった。

熱くて身体が溶けそうだった。

麻薬のように強烈な快楽に、わけがわからなくなるほど溺れ、互いの身体を求めあう。しかし理性をなくして快楽に没頭しているさなかでも、やはりこの男がいいのだと心の底から強く思えた。この男だから受け入れられるのだし、これほど夢中になれるのだと感じた。

「あ、ああ……っ、透真……っ」

制御できないほどの熱が身体の中でうねり、二度目の解放の予感が高まった。

もう、すぐに達きそうだ。

内腿に痙攣《けいれん》が走り、渡瀬につかまれている膝裏までぶるぶるとふるえる。つながっている場所もきつく収縮し、嵌まっているものを締めつけた。

快感にふるえる手で男の腕を握りしめると、スパートをかけるように突きあげが激しくなる。

「孝博さん……っ」

「んっ……」

あっというまに限界点を超え、身を仰け反らして絶頂を迎えた。

「――っ」

力を込めて待ちかまえた直後、天をむいていた美和の中心から白濁した欲望が放物線を描いて放たれる。同時に渡瀬も美和の中で達した。

解放感に唇がわななき、息も整わないうちに楔を抜かれ、身体のむきを変えられる。

あいむかいにすわらされると、脱力した身体をぎゅっと抱きしめられた。

解放の甘い余韻を覚えながら、頼りがいある厚い胸に身をゆだねる。

互いの呼吸が整うまで、すこしのあいだそうしていた。

やがて呼吸も身体の熱も落ち着いてきた頃、そっと手首をさすられた。

「興奮しすぎて、ちょっと乱暴にしてしまいましたね……手首、痛みませんか」

強くつかまれたせいで赤くなっているが、たいしたことはない。じき消えるだろう。

「ああ。平気だ」

それから汗ばんだ前髪をかきあげられ、顔色を覗き込まれた。

「身体の調子は、どうです」

「ん……かなり楽になったかな」

渡瀬が頬を緩ませ、きつく抱きしめてきた。

「これで、助かりましたよね……」

「ひとまず、な」

「よかった……」

美和も応えるように、恋人の広い背中へ腕をまわした。

「ほんとにな……ありがとうな」

心身ともに満ち足りて、安らかな吐息をついて目を瞑った。

八

ひと息つくと、篠澤もオヤジも長いことほったらかしていたことに意識がいった。

抱きあっている最中、かなり声をあげてしまった気もするが、篠澤にも聞こえただろうか。耳を澄ましてみるが、研究室のほうからは物音がしない。衣服を整えてからそっと扉を開けて研究室を窺うと、篠澤は出入り口に近いほうの作業台に突っ伏して眠っていた。篠澤も三十なかば。さすがに徹夜はこたえたようだ。

『美和。美和』

ガムテープで貼られたオヤジが美和に気づき、ひそめた声で話しかけてきた。

『うまいこと精気を得られたようじゃの』

「ああ」

『ならばもうこの悪魔には用はないのじゃろ。こやつが眠っているいまがちゃんすじゃ。わしを助けて逃げるのじゃ』

「ん……うーん」

篠澤もがんばってくれたわけだし、簡単な検査ぐらいはさせてやってもいいんじゃないかとちらりと思う。この騒動の一因が篠澤にもあるとはいえ、疲れた姿を見ては、ご褒美なしではかわいそうだ。

『み、美和、なにを迷っておる。はようこのべたべたを剝がすのじゃっ。これは以前、なんとかホイホイとかいうものに捕まったときのように身動きできん』

「……あんた、いつのまに、どこでなにやってんだよ。つか、あれの中にいったいどうやって入ったんだ」

『そんな話はよいから、さっさと助けるのじゃっ』

自分から話題を提供したくせに勝手である。

昨夜橋詰はオヤジのことが気になるなどと電話してきたが、こんな横暴な妖精のいったいどこが気に入ったのだろうと美和は思う。

そもそもふたりきりの夜、ちゃんと会話になったのだろうか。

オヤジは橋詰の前では猫をかぶっていたにちがいないけれど。

『美和っ』

「ああ、んー。ちょっとさ、採血ぐらいさせてやってもいいんじゃないかと思うんだが、どうだ……あ、妖精に血は流れてねえのかな」

『な、なにを……おぬし、まさか寝返ったのか……？』

「なに言ってんだ、敵味方とかあったかよ——あ、ちょっと待て」

携帯の着信音が鳴っていた。居室へ戻り、床に置いていた鞄からとりだして画面を見ると、橋詰からだった。

『美和。いまどこにいるんだ』

電話に出るなり、橋詰はあいさつもなく切りだした。

「あ？　研究所だが。なんだいきなり」

『研究所？　今日は休みだろう』

「野暮用でな」

『昨日、取り込み中だとか言ってたな……もしかして、三郎くんもいるのか』

唐突すぎる質問攻めに美和は面食らう。

「なんなんだよ」

『三郎くんにどうしても会いたいんだ。連絡先を教えてくれと、夜、メールをなんどか送ったんだが、返事がないから痺れを切らして、おまえの家まできたんだ』

「え。俺んちにいるのか？」

『ああ。いま、玄関前にいる』

驚いて、一瞬言葉に詰まった。そばにいる渡瀬を無意識に見あげ、それから半開きの扉のむこうにいるオヤジへ目をむけた。

「取り込み中なんだよ。またあとにしてくれよ」

『あとっていつだ。日本に滞在できる時間はわずかなんだ。時間を無駄にしたくない』

橋詰はいつもの余裕がなく、真剣に言いつのってくる。

「だけどな」

『研究所だな。いまからそっちに行くから、待っててくれ』

「え、おい——」

電話は一方的に切れた。

会わせることは可能だが、いまのオヤジはガムテープでぐるぐる巻きにされた、はげちゃびんのたぬきの置物である。橋詰の知っている美形青年ではない。

「ずいぶん思い詰めちまってたな……いいのか？　いや、でもなあ……」

困ったなーと携帯を見つめる。

「どうしました」

「橋詰がいまからここへ来るってさ」

「どうしてです」

問い返す渡瀬の声が、ぐっと低く鋭いものになった。

「オヤジに会いたいんだとさ。だが、橋詰の知ってるオヤジは元の姿だから、どうしたもんかなーと」

「……」

返事がない。ちらりと見あげると、渡瀬に睨まれていた。否、正確には美和を睨んでいるわけではなく、様々な懸念を覚えて深刻になっているのだろう。

「……本当に、妖怪が目的でしょうか。あなたに会うためではなく？」

「橋詰な、ほんとに俺のことは興味なくなったぞ。いまはオヤジが気になるらしい。だからだいじょうぶだぞ。心配いらない」

「……似たようなセリフを先日も聞いたような気がするんですけど。そしてだいじょうぶじゃなかった気がするんですが」

じっとりと睨まれ、美和はさりげなく目をそらした。

「いや、ほんとに……、ええと、今度はおまえもそばにいるんだから、だいじょうぶだろ」

「俺から離れないでくださいね」

「おう」

さて、肝心の本人に伝えねばということで、頭をかきながらオヤジのもとへ行った。篠澤はまだ眠っている。

「オヤジ。もうすぐ橋詰が来るぞ」

『なぬっ？』

とたんにオヤジの頬が染まった。

「どうしてもあんたに会いたいんだとさ」

美和は作業台からオヤジを引き剝がし、胴体に巻きつけられたガムテープをべりべりと剝がしてやった。

『い……痛い……』

素肌に直接巻きついているので、すね毛が抜ける。

「勘弁してくれ」

腹巻の毛糸は不思議とくっつかず、すんなりと剝がれた。

「橋詰には、あんたが人間じゃないことは話したんだよな」

『妖精じゃと告げたぞ。よくわかっとらんようじゃったが』

「精気を吸うとか、こんな姿になるってことは？」

『精気を吸うことは話した。じゃが、この姿のことは話しとらん』

オヤジがガムテープが剝がれて赤くなった腕をさすりながら、弱々しく尋ねてくる。

『これを見たら、橋詰はどう思うじゃろ』

「そりゃ、ドン引きだろ。同一人物とは思えねえし」

『百年の恋も冷めるじゃろか。元に戻ってから会うべきなんじゃろか』

「どうだろな。その姿を見せとけば、あんたの正体が人間じゃないってあいつもわかるだろうけど……せめてもうちょっとマシな姿だったらなあ」

『この姿じゃと、ドン引きなのかの……』

「そりゃなあ……」

テープを全部剝がし、オヤジを作業台に置く。オヤジはしゃがみ込み、イジイジとする。

『元に戻っても、その頃には橋詰はえげれす……』

「時間があくが、正月に会うのが無難かなあ……」

『じゃが、正月では橋詰はわしのことを忘れておるかもしれんのじゃろ』

「わからんが、興味が薄れる可能性はあるよな」

『うう……じゃが、いまここにむかっておるのじゃろう？　会えるのならば、会いたい。……じゃが……。じゃが……どうすればいいのじゃ』

いまは隠れて、正月に仕切り直すべきか、それとも思い切って打ち明けるべきか。オヤジとふたりで悩むが、結論はまとまらない。

渡瀬は美和のとなりで静観している。

そうこうしているうちにときが過ぎ、眠っていた篠澤が目を覚ました。

「ん……、おや」

あくびをして、美和たちとオヤジを見る。

「失礼。まだ完成してないのに、うっかり寝てしまいました。もうこんな時間ですか……。服用した薬の効果が現れてもよさそうですね。渡瀬くん、体調はいかがですか」

「そうですね……吐き気など、気分が悪くなることはないですけど……」

渡瀬が篠澤に返事しながら、美和に「どうする」と尋ねるような視線をむけてきた。

ここで体調が戻ったと話すと、取引成立となり、篠澤にオヤジを引き渡すことになるのだった。

橋詰が来るという話にかまけていてつかのま忘れていたが、こちらの問題もあったのである。返事に窮していると、廊下を駆ける足音が耳に届いた。足音はすこしさまよってからこちらに近づいてくる。

あれは、もしや橋詰だろうか。

「やべ……もう来ちまったか……？」

篠澤との決着もついていないのに、橋詰まで来られては、収拾がつかないではないか。まだオヤジと橋詰を会わせるかも決めかねているのに。

美和はとっさに作業台の上にいるオヤジをつかんだ。つかんで、それでどうしようという考えがあっての行動ではない。

とりあえず鞄に隠すか。いや、しかしそんな妙な行動をとったら篠澤が黙っていないはず。

どうしたらいいかと考えるだけで動けず、やがて扉が開いた。

「ここか」

やってきたのは予想どおり橋詰である。髪を乱し、余裕のない表情をしており、いつもの伊達《だて》男っぷりは鳴りをひそめている。

「おや、橋詰さん?」

橋詰が来ることを知らされていない篠澤が首をかしげた。

「お取り込み中失礼します。美和に用があって」

橋詰が流れるように室内へ入ってくる。

「……よお。よくわかったな。研究所のどこにいるかまでは知らせてなかったのに」

「照明がついてたからな」

橋詰は美和たちのほうへ近づいてくると、美和の顔を注視した。そしてにやりと笑って言った。

「あいかわらず色っぽいな」

橋詰の興味は美和からオヤジへ移ったはずだった。

しかしいまの美和はオヤジに憑かれているから色気が増しているのである。しかも情事を終えたばかりで、そのなごりが滲み出ている。

橋詰の言い方は冗談っぽいものではあったが、渡瀬がそれに反応した。

「っ」

渡瀬は美和の腕を引き寄せ、これ見よがしに抱きしめると、牽制《けんせい》するように橋詰を睨みつけた。

そして、とんでもないことを堂々と宣言してみせた。

「この人、俺のものなんで」

「……っ、おま……なに……」

美和は顔が真っ赤になったのを感じた。なにをばかなこと言ってんだと慌てたが、頭がショートしてしまい、どうしたらいいのかわからなくなった。

頭から湯気を出しそうなほど真っ赤になって固まる美和と、敵意剝きだしの渡瀬を交互に眺め、橋詰は軽く眉をあげた。

「なるほどね」

にやりと、美和に意味深な笑みを送る。

べつに、橋詰に恋人を隠す必要はないのでばれてもかまわないのだが——これは穴を掘りたいほど恥ずかしい。

ついでに篠澤にも感心したような顔つきで見られていることに気づき、ますます焦る。

「ええと、きみ——」

「渡瀬です」

美和を抱きしめたまま、男ふたりの会話がはじまる。

「渡瀬くん。たしか、前にも会ったことがあったかな？」

橋詰は自分の名を告げて、にこやかに言う。

「美和に恋人がいることは知っている。なにか誤解しているようだが、俺は美和の同僚で、友人でもある。手を出す気はないから、心配しなくていい。色っぽいって言ったのは、冗談だよ」

「……」

「俺はいま、気になる人がいるんだ。それでここまで来たんだ。ちょっと美和と話をさせてもらっていいかな」

渡瀬は疑《うたぐ》るように橋詰を見つめ、やがて美和を抱く腕をそっとほどいた。

「話はここでお願いします」

「もちろん」

橋詰の視線が美和に移る。

「で、美和。三郎くんはどこにいる」

オヤジは美和の手中にいる。

「あ……。えーっと」

橋詰の目の前で、手の中にいるオヤジに「どうする」とは相談できない。

どうしよう。

「なんだ。彼を俺に紹介したのはおまえだろう。紹介する気がなくなったわけでもあるのか」

「紹介する気がないわけじゃないんだが……」

「じゃあどうして。彼が会いたくないと言っているなら、はっきり教えてくれ」

「それはない。そうじゃないんだが……あいつには、のっぴきならない事情というものがあってだな……」

「どういう事情なんだ」

口ごもっていると、橋詰が思いだすように語りだした。

「……彼は、かなり風変わりではあったが、そこが魅力的だった。一生かけてもすべてを知ることができそうにないミステリアスな人だと思う」

「まあ、そうかもな」

「ふつうの相手だとすぐに飽きる俺みたいな男には、彼しかいないと思うんだ」

「俺もそう思う」

「だったら、教えてくれ。どうして隠すんだ」

橋詰の気持ちは固いようだった。浮気性ではあるが情熱的でもある男だ。こうと思ったらとことん突っ走る。

この調子では、教えるまで引きさがりそうにない。

それにしても本当に、ふたりきりの夜にいったいどんな話をしたのか。意思疎通がかなわなかっただろうことだけは想像がつくのだが。

「ところで、それは?」

美和が悩んで黙り込んでいると、ふいに橋詰の視線が手の中のオヤジにむけられた。オヤジがびくりと身体をふるわす。

「さっきからちょっと気になってたんだが」

「あー。これ、なあ……」

美和がオヤジに目を落とすと、オヤジが縋るような目で見あげてきた。美和は迷いながら橋詰に顔をむけた。

「あのさ……。すごく言いにくいんだが……あいつから、人間じゃないって話、聞いたよな?」

そのときのことを思いだしたのか、橋詰がおかしそうに微笑む。

「ああ。そんなことを言っていたな。妖精だと」

「どう思う?」

「どうって言われてもな。人間離れした美しさだとは思う」

「……だからさ」

美和はあまりにもアホ臭くて言いだしにくくて、目を泳がせてしまう。

「本当に妖精だって言ったら……?」

「え……」

「姿が変わったりとか……魔法を使ったりするとか言ったら……信じるか?」

「どうしたんだ美和」

　美和がらしくもなく非現実的なことを言いだしたので、橋詰は怪訝な顔をして美和を心配しはじめた。

「彼が言うならまだしも、おまえまでそんなことを言いだすなんて。だいじょうぶか？　なにかあったのか？」

　やはりというか当然のごとく、橋詰はオヤジが妖精だと信じていない。

「……信じられるわけないよな。だが、ここを信じられないとすると、いまのあいつには会えないと思うんだが……」

　妖精だから会えないんだなんて言ったら、ばかにしてるのかと怒りを買いそうだと思案して、美和があらぬほうへ目をむけているとき、橋詰とオヤジの目があった。

　ふたりは無言で見つめあう。オヤジは不安そうに。橋詰は、なんだこれ、という怪訝な目つきで。

　はじめはそれがなんだかわからなかった橋詰だが、オヤジの様子と美和の話を照らしあわせて、頭の中でなにかの回路がつながったらしい。はっと目を見開いた。

「もしかして、それが……？」

　ついに気づいたようである。オヤジが不安そうにぎゅっと手を握る。

「本当に……妖精……？」

オヤジから視線をそらさない橋詰の様子を、美和も息をひそめて窺う。

「本人はそう言ってる」

「……」

「ええとだな。正体がこれってわけじゃないんだぞ。本当の姿はちゃんとした人間の姿のほうで、これは仮の姿ってやつで……、ほら、カエルの王子とか、美女と野獣みたいにさ」

オヤジのためにフォローを入れてやると、橋詰がふらりと近づいて、手を伸ばしてきたので、美和はオヤジをその手に渡してやった。

「……三郎くん？」

橋詰は両手で受けとると、オヤジの顔を覗き込んだ。

「きみなんだろう。わかるよ。どんな姿でも」

オヤジはあいかわらず不安そうな顔つきで橋詰を見つめている。

「喋れないのかな？　この姿もユニークでいいと思うけど、俺はきみと話がしたいんだ。どうしたらいいだろう」

橋詰は優しく微笑み、そして、なんとオヤジにキスをした。色男が、ひげ面のしょぼいオヤジ妖精にマウスツーマウスである。

うわー橋詰、よくそんなまねができるもんだなーと呆れて眺めていたら、とたんにオヤジの身体から青白い光が放たれた。

「うおっ」

目を開けていられないほどの閃光《せんこう》を発し、室内が光に呑まれる。光はきらきらと渦を巻き、やがて天井へとのぼっていく。その中央にいるオヤジはまるで魔法がとけたかのように見るまに大きく変化していき、光が収まったときには、なぜか王子さま風のぴらぴらした格好の青年となっていた。

「は～し～づ～めぇ～っ‼」

あんぐりと口を開けて一同が見つめる中、オヤジは感激して泣きながら橋詰に飛びついた。

「は、橋詰っ」

えぐえぐと泣きながら縋りつくオヤジを、橋詰は驚きつつも抱きとめ、背を撫でている。

「すごいな。おとぎ話みたいだ」

ははは、と橋詰は笑って受けとめている。

美和はそんなふたりをしばし呆然と眺め、釈然としないものを胸に覚えた。

「……オヤジ……なんでキスで戻るんだ……？」

キスして元に戻るんだったら、はじめからそうしてくれたらよかったのに。

オヤジ自身も知らなかったことなのだろう。それに、醜いオヤジの姿を見て橋詰の恋心が冷めていたら成功しなかったのかもしれないが。

それにしても橋詰の行動にもびっくりだ。まさかあの腹巻姿のオヤジをあっさり受け入れるとは思わなかった。

「いいのか橋詰」

自分でオヤジを紹介したくせに、つい確認の言葉が口をついて出る。

「ああ。ありがとう」

橋詰の爽やかな笑顔に、美和はなにも言えなくなった。

ところで、もうひとつ問題が残っている。

篠澤である。それまでことのなりゆきを黙って窺っていた彼は、オヤジの変身に驚いて尻《しり》餅《もち》をつき、目を白黒させていた。

「み、み、美和室長……いえ、渡瀬くん」

しかし腰を抜かしている場合じゃないと気づいたようで、いきおいよく立ちあがった。

「これはいったいどういうことなのです」

説明を求めて詰め寄られ、渡瀬も困ったふうに眉を寄せた。

「……さっきの妖怪が彼だということは、篠澤さんも見ていたでしょう」

「私の研究はどうなるのです。取引は？」

「……すみません。大きくなっちゃいましたから……。あの姿の彼でも興味がありますか？」

篠澤が眉間を寄せてオヤジの背を見つめる。

「……またちいさく戻るのでしょうか」

「どうでしょうね」

美和もオヤジを眺める。その目の前で、渡瀬がすっと動いてオヤジの肩を叩いた。

「妖怪」

「む……なんじゃ？」

オヤジが鼻水を垂らした顔をあげる。

「いまはもう美和さんに憑いてないいんだな」

「うむ。元に戻ったからの」

「魔力も戻った」

「うむ」

「だったら——」

渡瀬がオヤジに耳打ちする。それに対して「む。たしかにそうじゃの」などとオヤジが答えて頷く。

なにを話してるんだと眺めていると、オヤジが篠澤にむき直った。そして、

「それっ」

いきなり、かけ声をあげて腕をふった。すると出し抜けに篠澤がばたりと倒れた。

「え、おい、篠澤っ？」

美和が慌てて抱き起こすが、篠澤は完全に気を失っている。

「美和よ、安心せい。魔法をかけただけじゃ」

「あんた、気絶させる魔法なんて使えるのか」

オヤジは得意げにホホホと笑って胸を張る。

「わしは優秀な妖精じゃからの。それだけでなく、目覚めたときには、わしのことは夢の出来事だと思っているはずじゃ」

「そ、そうなのか……?」

美和は篠澤の寝顔を見おろした。穏やかなその表情にほっとしつつ、少々同情してしまう。徹夜してがんばったのに、すべて夢で片づけられてしまうだなんて。しかし篠澤は完全体のオヤジには興味が薄そうだったし、これが幸せだろうか。

「医務室へ連れていきましょうか」

魔法をかけるようにオヤジをそそのかしたであろう渡瀬が、篠澤を抱えあげた。美和とふたりで医務室へ行き、意識のない篠澤をベッドに寝かせる。

「ちょっと悪かったですかね。お詫《わ》びに、なにか考えます」

「任せる」

美和は大きく伸びをして、ベッドから離れた。篠澤は魔法で眠っているだけだから、放っておいても問題ないだろう。

オヤジと橋詰は研究室のほうにいるが、あのふたりも放っておいていいだろう。

美和たちがここにいる必要はなかった。

「——透真。帰るか」

命の危険も過ぎ去って、気が抜けた。早く家に帰ろうと、美和は顎をしゃくって渡瀬を促した。

「っ……。はい」

渡瀬が嬉しそうに顔を綻ばせてとなりに並ぶ。

「腹減ったな。どっか寄ってくか」

第二研究室の前まで来たとき、こっそり中を覗いてみたら、ふたりは仲良く話をしていた。

橋詰とオヤジ。自分たち以上に前途多難そうな組みあわせではあるが、意外とうまくいきそうな予感がした。

うまくいけばいいと願いながら、美和と渡瀬はそっと立ち去った。

九

八月に入り、夏も本番の暑さとなっていた。

研究室の窓の外ではミンミンゼミが恋人探しに躍起になって鳴いている中、美和は仕事を終えて帰宅の支度をしていた。

「もうすぐ盆休みっすね～。御頭はご実家へ帰省ですか」

山崎が書類をまとめながら、のほほんと話しかけてくる。

「だな。おまえは?」

「食べ歩きの旅に山形《やまがた》のほうへ出かけます。いま、冷やしラーメンに嵌まってるんすよ。あ、うまいものがあったらお土産買ってきますね」

聞きつけた大豆生田が話に混ざる。

「あれ、山崎。明石《あかしや》焼きの旅じゃなかったのか」

「う。そうなんだよ。それも捨て難くて悩んだんだけど、でもねえ」

そんな雑談をしていると、研究室の扉が開き、篠澤がやってきた。

「失礼します。美和室長、いま、よろしいですか」

「おう、なんだ」

「次の室長会議なんですが——」

あれから二週間が過ぎていた。

魔法をかけられた篠澤はオヤジのことを夢だと思っているようで、美和や渡瀬に会ってもこのようにふつうに接してくる。

オヤジと橋詰のほうは、あとで橋詰から電話で聞いたところ、無事に気持ちを通わせたとのことだった。

美和と渡瀬も仲良くやっており、まるっと一件落着であった。

「——では、そういうことで」

篠澤との話を終えたときには、研究員たちはそれぞれ仕事を終えて帰っており、室内にはふたりのほかに渡瀬が残っているだけだった。

「あ、篠澤、ちょっと待て。おい、渡瀬」

美和は帰ろうとした篠澤を呼びとめ、渡瀬に目配せした。

すると渡瀬が自分の机に置いていた紙袋を手にし、それを篠澤に差しだす。

「これ、よかったらどうぞ」

「なんですか」

受けとった篠澤が袋の中を見て、息を吞んだ。

「こ、これはっ……！」

興奮した様子で袋から中身をとりだす。それはオヤジのぬいぐるみ人形だった。

非常に精巧に作られたそれはもちろん、腹巻姿の実物大である。

「これは……これは……。渡瀬くん、どうしてこれを……？」

篠澤は手をふるわせて人形を見つめている。

「デザイナーをしている知人が作ったボツ作品なんですが、なにかご存じなんですか？」

「……」

篠澤の人形のように綺麗な顔が、醜い人形を見つめる。美和もそのとなりに立ち、オヤジ人形を見た。

「よくできてるだろ。ボツだから捨てるって聞いたんだが、もったいないと思って。おまえなら、こういうの好きじゃないかって思ったんだが」

「……そう、ですか……」

篠澤はちいさく呟き、オヤジ人形をひしと抱きしめた。

「なぜでしょう……なぜかとても懐かしい気がします……」

「だろうな。俺もたまげるくらい本物そっくり――」

「え？」

うっかり口が滑り、慌てて首をふる。

「い、いや、なんでもない」

「本当にいただいていいのでしょうか」

篠澤が渡瀬を見あげる。

「ええ。要らないなら捨てるだけですし」

「ありがとう。大事にします」

篠澤は感激した様子で足取り軽く帰っていった。

それを見送りながら、美和は呟くように渡瀬に言った。

「……おまえ、器用だよな」

あのぬいぐるみ、デザイナー云々《うんぬん》と説明したが、じつは渡瀬のお手製だったりする。

篠澤の去ったほうへ目をむけたまま、渡瀬が微妙な顔つきで頷く。

「ええ。俺も自分の意外な才能に驚いてます」

渡瀬がひと針ひと針ちまちまと縫ったぬいぐるみを、篠澤が大切に抱える光景はなんともシュールだった。

「あんなにそっくりに作れるってことは、おまえもけっこうオヤジのこと気に入ってたんじゃないのか」

「冗談でもそんなことは言わないでください」

心底嫌そうに顔をしかめる渡瀬を見て、美和は笑った。

「しかしまあ、喜んでもらえてよかったな」

「そうですね」

「名前を教えてあげたほうがよかったかな」

「ご自分で好きな名前をつけるんじゃないですか？　実験用の微生物にも名づけてるって噂ですからね」

「なんて名づけるかな。しばらくしたら訊いてみるか」

顔を見あわせてくすりと笑い、ふたりも帰り支度をして更衣室へむかった。

廊下を歩きながら、そういえば、と美和が話しだす。

「言い忘れてたけど、何日か前に橋詰から連絡があったんだ。イギリスに戻るからオヤジをよろしくってさ」

「戻られたんですね」

渡瀬が胸を撫でおろした。橋詰がオヤジとくっついたことは知っているはずなのに、まだ美和を襲うとでも心配していたのだろうか。それとも単純に、やっかいな嵐《あらし》が去っていったと思っているのか。

「それで、妖怪は？」

「さあな。その後オヤジのほうからは連絡がないし、俺も連絡のとりようがないから、放ってある」

オヤジのことだから好き勝手に生きているのだろうが、橋詰がいない寂しさから、そのうちひょっこり遊びにくることもあるかもしれない。そのときは話し相手になってやってもいいと思っている。

そんな話をして更衣室で渡瀬といったん別れ、車に乗った。

今日は金曜日で、渡瀬が泊まりにくる日である。自宅の駐車場に着くとほぼ同時に渡瀬のバイクも到着し、いっしょに家へ入る。

「しっかし蒸し暑いな。この時間になっても蒸し蒸しして、身体がだるくなるな」

日中閉め切りの室内も蒸していた。靴を脱ぎ、洗面所へむかいながらぱたぱたと手で顔を扇ぐ。

「そうですか？　陽が落ちたら涼しくなってきたと思いますけど」

「それ、本気で言ってるか？　俺、すげえ身体が熱いし、だるく感じるけど。まるでオヤジに憑かれてたときみたいな感覚だぞ」

「不吉なことを言わないでください。もしかして熱があるんじゃないですか」

「うーん。体温調節が利かなくなってんのかな」

美和は手を洗おうとして洗面台の前に立った。自然と目の前の鏡に目がいき——絶叫して飛び退《すさ》った。

「うわあっ！」

鏡に映る自分の肩に、ありえないものが映っていたからだ。

「オ、オ、オ……」

ありえないもの――そこにはオヤジ妖精の姿が映っていたのである。信じられない思いで壁にへばりつきつつ己の肩へ顔をむけると、見まちがいでも幻覚でもなく、オヤジ妖精が乗っている。

「渡瀬っ！」

「どうしました」

叫び声を聞きつけて、廊下から渡瀬が顔を出す。

美和は肩に乗る物体を凝視しながらふるえる声で尋ねた。

「いちおう確認させてくれ。おまえ、オヤジのぬいぐるみを二体作ったわけじゃないよな」

「ええ。篠澤さんにあげたものだけですけど」

ということは、この肩にいるものは……本物……。

「な、な、なんでっ」

『て……』

オヤジがふわりと宙に浮き、ポーズをとった。

「てへ、はもういいっ！」

「どうしたんです？」

渡瀬が不思議そうに目をパチクリさせて美和を見おろす。

「どうしたって……どうしたって……おまえ、見えないのか？」

渡瀬の代わりにオヤジが答える。

『そうじゃ。渡瀬にはわしの姿が見えんはずじゃ。おぬしが中途半端は嫌じゃと言うから、ぎりぎりまで我慢してから憑いたのじゃぞ』

恩着せがましく言う妖精を、美和は睨みつけた。

「オヤジ、なんでちいさくなってんだよ……なんで……っ」

『橋詰がえげれすへ戻ったのでの。ついて行きたいが、えげれすには行けん。わしも美和たちを見習って、橋詰に操を立てようと思うたのじゃ。じゃから正月に橋詰が戻ってくるまで、わしは性交を絶つのじゃ』

「……そういうことかよ……」

そうだったのである。

当初の目論見《もくろみ》では、橋詰を紹介すればオヤジが弱体化することもなくなると考えていたのだが、オヤジはイギリスについて行けないし、恋をしたら狩りをやめてしまったのだった。

——甘かった。

「え……妖怪、いるんですか？」

驚く渡瀬に、美和は力なく頷いた。

『そういうことだから、またよろしく頼むぞよ』

オヤジは悪びれずに気持ちの悪いウィンクを投げた。

「いい加減にしてくれぇっ！」

唖然《あぜん》とする恋人の前で、美和はどたばたとオヤジにつかみかかった。

美和の受難は、まだまだ続きそうである。

あとがき

こんにちは、松雪奈々です。

この度は「なんか、淫魔が恋しちゃったんですけど」をお手にとってくださり、ありがとうございます。


今回、淫魔が五人いることが判明しました。

五人。

その数字に、アホな私が真っ先に思ったのは、これで戦隊ものができる！　ということでした。淫魔レンジャー。……いったいなにと戦うんでしょうね……。やっぱり相手は聖職者でしょうか。聖戦ならぬ性戦とかいって。５Ｐもできるかも、オヤジは離脱だけど、などとまじめに考えたりもしましたが、まもなく我に返り、さすがにこんな話に需要はないと気づきました……。

需要といえば海外でもＢＬ需要があるそうで、お陰様で今度、こちらのシリーズの一、二巻が翻訳されて、台湾で発売されるらしいです。オヤジ妖精海外進出です。あれ、でもオヤジって日本から出られないんじゃなかったっけ？　まあいいや。ありがたいことです。

三巻目にして橋詰のイラストが初披露となりました。タラシっぽい感じがとっても橋詰らしくて嬉しいです。それから表紙も、前回は飛びだす３Ｄオヤジが楽しかったですが、今回も素敵ですね〜。高城先生、素敵なイラストをありがとうございました。

また担当編集様をはじめ、デザイナー様、校正者様、その他関係者の皆々様、本当にありがとうございました。

それでは読者の皆様、おつきあいありがとうございました。またどこかでお会いできることを願っています。

二〇十二年八月　　　　　　　　　　　　　　松雪奈々

松雪奈々先生、高城たくみ先生へのお便り、
本作品に関するご意見、ご感想などは
〒101-8405
東京都千代田区三崎町2-18-11
二見書房　シャレード文庫
「なんか、淫魔が恋しちゃったんですけど」係まで。

本作品は書き下ろしです

CHARADE BUNKO

なんか、淫《いん》魔《ま》が恋《こい》しちゃったんですけど

【著者】松雪《まつゆき》奈《な》々《な》

【発行所】株式会社二見書房
東京都千代田区三崎町2-18-11
電話　03(3515)2311［営業］
　　　03(3515)2314［編集］
振替　00170-4-2639
【印刷】株式会社堀内印刷所
【製本】ナショナル製本協同組合

落丁・乱丁本はお取り替えいたします。
定価は、カバーに表示してあります。

ISBN978-4-576-12124-6

http://charade.futami.co.jp/

シャレード文庫

15周年記念応募者全員サービス♥

おかげさまでシャレード文庫も今年で15周年を迎えることができました。

感謝の気持ちを込めてオリジナル手ぬぐい&特製ブックカバー&メッセージカードの応募者全員サービスを実施いたします。皆様ふるってご応募ください！

◆応募方法◆ 郵便局に備えつけの「払込取扱票」に、下記の必要事項をご記入の上、500円をお振込みください。

◎口座番号：00100-9-54728

◎加入者名：株式会社二見書房

◎金額：500円

◎通信欄：
シャレード文庫15周年記念係
住所・氏名・電話番号

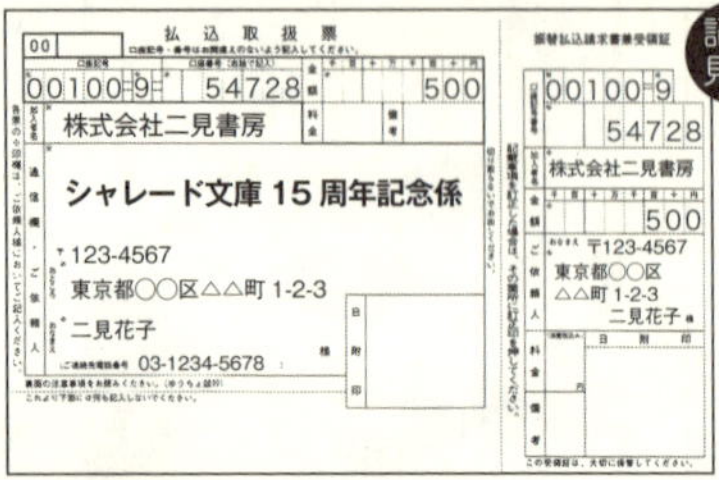

◆注意事項◆

●通信欄の「ご住所、氏名、電話番号」はお届け先になりますので、はっきりとご記入ください。

●通信欄にシャレード文庫15周年記念係と明記されていないものは無効となります。ご注意ください。

●控えは品物到着まで保管してください。控えがない場合、お問い合わせにお答えできないことがあります。

●発送は日本国内に限らせていただきます。

●お申し込みはお一人様2口までとさせていただきます。

●通帳から直接ご入金されますと住所（お届け先）が弊社へ通知されませんので、必ず払込取扱票を使用してください（払込取扱票を使用した通帳からのご入金については郵便局にてお問い合わせください）。

●記入漏れや振込み金額が足りない場合、商品をお送りすることはできません。また金額以上でも代金はご返却できません。

●手ぬぐい&メッセージカードは選べません。

◆締め切り◆ 2012年11月30日（金）

◆発送予定◆ 2013年1月末日以降

◆お問い合わせ◆ 03-3515-2314　シャレード編集部